Sehnsucht nach Rausch

Das Projekt wurde gefördert durch ein
Stipendium des Ministeriums für Wissenschaft,
Forschung und Kunst Baden-Württemberg

Maja Malu

Sehnsucht nach Rausch

Bibliografische Information der Deutschen Nationalbibliothek:
Die Deutsche Nationalbibliothek verzeichnet diese Publikation in der Deutschen Nationalbibliografie; detaillierte bibliografische Daten sind im Internet über dnb.dnb.de abrufbar.

2. Auflage Juni 2025 (Erstauflage 2025)

Korrektorat: Stefanie Brandt (www.steffis-buchecke.de)
Covergestaltung: Dream Design – Cover and Art (www.cover-and-art.de)
Coverfoto: www.adobestock.com_191076584 und www.shutterstock.com_1086807062

Verlag: BoD · Books on Demand GmbH, Überseering 33, 22297 Hamburg, bod@bod.de
Druck: Libri Plureos GmbH, Friedensallee 273, 22763 Hamburg

ISBN: 978-3-8192-2639-7

Sehnsucht nach Rausch

Dieses Buch ist all denen gewidmet,
die es geschafft haben,
sich aus einer Sucht zu befreien

1. Neubeginn

Nach Schulschluss saß ich häufig auf dem einzigen Stuhl in meiner Mansarde mein Blick an die weiße Wand gerichtet, verharrend in meinen Tagträumen. Verzweifelt versuchte ich, die Zeit mit meinem Exfreund Jacko aufleben zu lassen. Stunde um Stunde erzählte ich mir die gleichen Geschichten, bis ich sie selbst nicht mehr hören konnte. Langsam, wie in Zeitlupe, lief dieser Film unserer Beziehung vor meinem inneren Auge ab. Unentwegt spielte ich dieses Spiel und berauschte mich an dem einzigen Gift, das mir noch geblieben war: unsere gemeinsame Vergangenheit. Ich wühlte in ihr, zerlegte sie und drücke erneut auf Play, um die Aufzeichnung wieder und wieder abzuspielen. War meine Liebe zu Jacko auch eine Sucht? Hatte ich die Sucht nach Betäubung durch die Sehnsucht nach Jacko eingetauscht? Fast schien es mir so. Ich war süchtig nach dem Sehnen nach Jacko. Ich badete in diesem Schmerz der Sehnsucht. Sie war grenzenlos, auch viele Wochen nach unserer Trennung.

Immer wieder sah ich ihn vor mir. Er hielt eine selbst gedrehte Zigarette zwischen Zeigefinger und Daumen der rechten Hand und inhalierte den Rauch gierig bis tief in seine Lunge. Mit der rechten ausgestreckten Hand strich er seine störrischen pechschwarzen Haare flach nach hinten. Überall sah ich ihn, hörte den Klang seiner Stimme, roch ihn. Auf meinen Lippen schmeckte ich seinen würzigen Tabak. Ich fühlte, wie wir uns leidenschaftlich liebten. Und ich wurde fast verrückt.

Ich ging durch die Stadt. Da! Ein Mann, der mit großen, ausladenden Schritten auf der anderen Straßenseite lief.

Das musste Jacko sein! Der Mann neben mir in der Straßenbahn hatte die gleiche Haarfarbe und Haarlänge. Jacko! Aber er war es nicht. Es waren immer nur meine Fantasie und diese mich ins Fleisch schneidende Sehnsucht.

Die Liebe zu Jacko war Gift für mich, sie vergiftete mir die Gegenwart, aber diese Liebe war auch ein Schutz, sie schützte mich vor mir selbst. Denn Jacko war es, durch den ich aufgehört hatte zu trinken. Ich dachte damals, wenn ich die Sucht nach Alkohol bezwinge, dann kommt mein Freund vielleicht auch vom Heroin los. Aber Jacko fing immer wieder mit harten Drogen an und von Mal zu Mal wurde es schlimmer. Er geriet immer tiefer in diesen Strudel der Sucht und es war, als würde er mit dem Heroin, welches er immer häufiger in immer höheren Dosen in einem Löffel mit Wasser und Zitronensäure auflöste, bevor er es sich in die Venen jagte, auch unsere Beziehung zersetzen. Immer seltener hatte er Vereinbarungen eingehalten, vor unserer Trennung hatte ich ihn manchmal wochenlang nicht gesehen. Dann war ich mir nicht sicher, ob er überhaupt noch lebte. Irgendwann hielt ich das nicht mehr aus, denn Jacko wollte nichts an seinem Leben ändern. Ich beendete unsere Beziehung, aber ich versicherte ihm, dass ich jederzeit bereit sei, eine neue Beziehung mit ihm einzugehen, wenn er wirklich mit den Drogen aufhören wolle oder nach einer Langzeittherapie. Ein Leben dauerhaft ohne ihn konnte ich mir nicht vorstellen.

Schon einmal hatte ich drei Jahre auf diesen Mann gewartet. Mit fünfzehn Jahren hatte ich mich unsterblich in Jacko verliebt, aber ich wusste, ich war zu jung und zu unerfahren für ihn, er war acht Jahre älter als ich. Also beschloss ich, drei Jahre zu warten. Und tatsächlich, nach dieser Zeit traf ich ihn in einem Club und wir wurden ein Paar. Wie lange würde ich diesmal auf ihn warten müssen?

Seit drei Monaten wohnte ich in einer kleinen Mansarde in Mainz. Vor einem halben Jahr hatte ich in dieser Stadt eine Ausbildung zur Erzieherin an der Fachschule für Sozialpädagogik begonnen. Zu Beginn hatte ich zu Hause gewohnt, täglich war ich mehrere Stunden mit der Bahn unterwegs gewesen. Nach meinem Umzug konnte ich mich endlich ganz auf die Schule konzentrieren.

Mich in diesem neuen Leben einzurichten, bereitete mir Schwierigkeiten. Ich fühlte mich unsicher in dieser mir unbekannten Umgebung. Nur langsam erkundete ich die Stadt. Und noch verhaltener lernte ich hier Leute kennen. Meine alte Angst vor fremden Menschen und neuen Situationen klopfte wieder bei mir an. Aber diesmal konnte ich diese Angst nicht ertränken oder betäuben. Ich musste sie aushalten, nüchtern, ohne Alkohol und ohne Drogen.

Seit neun Monaten trank ich weder Alkohol, noch nahm ich Tabletten oder irgendwelche Drogen. Jeder nüchterne Tag war nach wie vor eine Kraftanstrengung für mich.

Das Wochenende verbrachte ich in meinem Elternhaus. Meine Eltern waren zu Verwandten gefahren. Ich war allein im Bungalow. Ich war mitten in der Nacht aufgewacht und konnte nicht mehr einschlafen. Plötzlich schmeckte ich Wodka auf meiner Zunge. In diesem Augenblick wusste ich: Ich musste etwas trinken. Jetzt! Sonst würde ich erfrieren. Hektisch suchte ich nach dem Lichtschalter. Als ich im Wohnzimmer Richtung Schrankbar ging, stieß ich mit meinem Kopf an die Hängelampe über dem Wohnzimmertisch. Die Lichtschatten der Lampe huschten ruhelos durch den Raum. Sie schwankten an der Decke und den Wänden, nicht weniger als ich am Boden. Dann hielt ich den Schlüssel in meiner Hand. Ich war mir sicher, wenn ich jetzt diese Bar öffnete, dann würde ich einen Rückfall bauen. Hiermit würde ich mein gesamtes Leben, welches ich mir in den letzten Monaten mühsam aufgebaut hatte, zerstören, vollständig zerstören. Es würde kein Zurück mehr geben. Obwohl ich das alles wusste, drehte ich den Schlüssel um und klappte die Tür der Schrankbar nach unten auf. Mit zittrigen, schwitzigen Fingern entnahm ich die Wodkaflasche und setzte sie an. Ätzend floss der Schnaps in meine Kehle. Ich setzte die Flasche erst wieder ab, nachdem ich ein Drittel leergetrunken hatte. Jetzt füllte ich mir noch ein großes Glas Orangenlikör ab und ging damit zurück in mein Zimmer. Dort steckte ich mir eine Zigarette an, rauchte und trank das Glas gemächlich aus. Ich fühlte das bekannte Kribbeln und die Wärme in meinem Körper. Langsam bemerkte ich, wie der Alkohol mir zu Kopf stieg. Endlich war es da, dieses Gefühl, nach dem ich mich schon seit Monaten gesehnt hatte. Da war er, dieser Rausch, dieser wunderbare Rausch. Und ich wusste, dass ich diesen Kampf verloren hatte. Denn ich würde diesen Rausch wieder haben wollen. Immer wieder. Und immer wieder.

Schweißgebadet erwachte ich. Seit Monaten hatte ich diesen Traum, manchmal jede Nacht. Und niemals schaffte ich es, in meinem Traum den Wodka nicht zu trinken.

Im wahren Leben hingegen gelang es mir, seit Monaten trocken zu bleiben. Selbst im Haus meiner Eltern, obwohl dort überall angefangene Schnaps- und Weinflaschen herumstanden.

Jedoch, keinen Alkohol zu trinken, das war verdammt schwer, in einer Gesellschaft, in der Alkohol ein ständiger Begleiter ist. Selbst gute Freunde und Verwandte, die es wussten, vergaßen in vielen Situationen, dass ich trockene Alkoholikerin war. Ins Essen wurde schnell ein Schuss Rotwein gegeben: »Der verfliegt doch sowieso.« Auf der Party wurde ich mit Sekt begossen und in der angebotenen

Praline oder im Eis waren Alkohol. Überall lauerte die Gefahr und ständig musste ich auf der Hut sein. Und immer war ich die Spielverderberin, die keinen Alkohol trank. Als Einzige.

Jedes zweite Wochenende verbrachte ich bei meinen Eltern. Seit ich in Mainz lebte, hatte sich das Verhältnis zu ihnen etwas entspannt. Aber noch immer war es unmöglich, ein Gespräch über Drogen oder Alkohol mit ihnen zu führen. Ich wusste: Wir hatten uns gegenseitig derart viele blutige Wunden zugefügt, dass wohl noch einige Zeit vonnöten sein würde, bis wir zu einem gemeinsamen Gespräch fähig wären.

An einem Wochenende, an dem ich mich bei meinen Eltern aufhielt, war ich samstags zum Einkaufen in Ludwigshafen unterwegs. In der Fußgängerzone traf ich Harry. Harry, den Stockfisch. Wir hatten uns seit einem Jahr nicht mehr gesehen. Er gab mir seine Adresse und ich schrieb ihm einen Brief, in dem ich ihm erzählte, wie ich mit Jackos Hilfe trocken geworden und aus dem ganzen Sumpf ausgestiegen war.

Als ich zwei Wochen später bei meinen Eltern ankam, lag dort schon ein Brief von Harry. Stockfisch fand es toll, dass ich mich gefangen hatte. Und das alles, obwohl mir dieser Junkie und Drogendealer Jacko begegnet sei, den er schon seit so vielen Jahren kenne.

Ich hatte eine Mordswut auf Stockfisch Harry. Wie sollte er auch ahnen, dass ich diesen Junkie und Drogendealer Jacko, den er schon seit so vielen Jahren kannte, immer noch liebte? Ich würde mich mit ihm verabreden, aber nur um etwas über Jacko zu erfahren. Schon mehrmals hatte ich in den letzten Wochen versucht, meinen Exfreund zu sehen. Bei meinem letzten Besuch war der

Schuppen im Garten seines Bruders, den er bewohnte, leer, davor lag seine Matratze im Regen. Weder seine Schwägerin, noch seinen Bruder traf ich an, um sie nach dem neuen Aufenthaltsort Jackos zu fragen. Ich wollte wissen, wie es ihm ging. Ich musste es wissen. Daher rief ich Harry an und verabredete mich mit ihm für den nächsten Tag.

Harrys Wohnung war eine andere als früher, aber auch diese war so steril und ungemütlich wie eine Bahnhofsvorhalle. Er saß mir wieder kerzengerade, wie ein Stockfisch, gegenüber. Jedoch war er diesmal ein Stockfisch mit verliebten Augen, er himmelte mich dümmlich an. Wir tranken Tee. Beim letzten Mal hatte es mit uns beiden nicht geklappt. Harry wollte keine arbeitslose Alkoholikerin zur Freundin, die in einem Haus für wohnsitzlose Drogenabhängige wohnte und mit Junkies schlief. Ich glaube, ich war ihm irgendwie peinlich. Und alles war aus, bevor es begonnen hatte.

»Ich würde jetzt gerne in eine Kneipe gehen. Wo trifft sich denn zurzeit die Szene?«, fragte ich scheinheilig. In diesem Augenblick war ich ein Biest und ich wusste es. Ja, es machte mir sogar Spaß.

Harry sah überrascht aus, er presste seine schmalen Lippen aufeinander, auf seinem Gesicht spiegelte sich ein riesiges Fragezeichen. »Willst du jetzt wirklich in eine Kneipe gehen?«

Wahrscheinlich dachte er, wir würden gleich ins Bett hüpfen.

Ich bestand auf den Besuch einer Kneipe und Harry führte mich schmollend in das Szene-Lokal *Staffage*.

Wir setzten uns an einen freien runden Tisch. Es waren nur wenige Leute anwesend. Ich blickte mich um und war unendlich enttäuscht. Wen hatte ich erwartet, hier zu finden? Jacko? Ja, ich hatte es so sehr gehofft.

»Hallo Hannah?«

Tina stand vor mir. Wir kannten uns aus dem *Home*, der Übernachtungseinrichtung für obdachlose Drogenabhängige, in der ich bis vor einem Jahr mehrere Monate inoffiziell gelebt hatte. Jetzt erzählten wir uns Geschichten aus der guten alten *Home*-Zeit.

Dann ging die Tür auf und Theo, ein Kleindealer der Drogenwiese, meine frühere Connection, kam herein. Wir hatten uns seit über einem Jahr nicht mehr gesehen. Großes Hallo! Theo warf immer noch so viele Trips wie früher und packte gleich eine seiner Tripstorys aus. Er berichtete ausführlich, wie er auf Trip verzweifelt versucht hatte, die vielen kleinen Männchen aus dem Fernsehgerät herauszuholen und dabei den neuen, sauteuren Apparat seines Stiefvaters in tausend Einzelteile zerlegt hatte. Wir krümmten uns bei seiner Erzählung vor Lachen.

Plötzlich ging die Tür wieder auf und herein kamen Eddy und Vera. Ich kannte die beiden aus dem *Home* und hatte sie seit vielen Monaten nicht mehr gesehen, hatte aber immer wieder von ihnen gehört. In der niedrigschwelligen Einrichtung war Eddy, der Junkieveteran, selbst seit vielen Jahren alkohol- und heroinabhängig, mein Schutzengel gewesen. Er hatte mir die Drogen abgenommen und mir immer wieder ins Gewissen geredet, dass ich niemals mit harten Drogen anfangen dürfe. Er war dort für mich wie ein großer Bruder gewesen.

Jetzt umarmte er mich sehr lange und setzte sich dann neben mich. »Na, wie gehts dir denn so ohne Jacko?«

»Ich erreiche ihn nicht. In dem Schuppen wohnt er nicht mehr. Eddy, weißt du was? Siehst du ihn öfter? Ich halte das nicht mehr aus. Ich muss wissen, wie es ihm geht.«

»Du weißt es noch gar nicht?« Eddy strahlte mich an.

»Was? Was weiß ich nicht?«

»Jacko ist seit Kurzem in Süddeutschland in einem Therapiezentrum.«

»Er macht eine Therapie? Eine Langzeittherapie?«, fragte ich erstaunt. »Das ist ja großartig!«

Die Skepsis in Eddys Stimme war unüberhörbar, als er nachschob: »Hoffentlich hält er durch.«

»Er wird bestimmt durchhalten. Jacko schafft es, ich weiß es«, sagte ich überglücklich und voller Zuversicht.

»Hannah, du liebst Jacko ja immer noch«, stellte Eddy ungläubig und kopfschüttelnd fest.

»Natürlich liebe ich ihn. Ach, Eddy, ich werde niemals aufhören, Jacko zu lieben. Ich habe ihm gesagt, dass ich jederzeit bereit bin, eine neue Beziehung mit ihm zu beginnen, unter der Bedingung, dass er vom Heroin tatsächlich lassen würde oder nach einer Langzeittherapie. Eddy, ich bin so froh, dass Jacko diese Therapie macht. Ich weiß, wenn er die Therapie beendet hat, dann wird er sich melden und dann werden wir noch einmal von vorn beginnen. Ich bin mir ganz sicher.«

Eddy umarmte mich noch einmal und hielt mich ganz fest. »Ich wünsche mir so sehr für dich, dass Jacko es schafft.«

»Er wird es schaffen. Ich bin mir ganz sicher. Allerdings werden während seiner Therapie weder er noch ich Kontakt miteinander aufnehmen. Die Gefahr, dass er die Therapie aufgrund seiner krankhaften Eifersucht abbrechen würde, wäre zu groß. Wenn er die Therapie abgeschlossen hat, wird er sich melden. So haben wir es vereinbart. Dann werden wir wieder zusammen sein, ohne Drogen. Ich weiß es.«

Sanft streichelte Eddy meine linke Wange und sagte:
»Mensch, Hannah, ich drück dir beide Daumen, dass alles
so kommen wird.«

Bis vor wenigen Wochen wohnten Eddy und Vera neun
Monate in einem besetzten Haus in Amsterdam. Jetzt gab
Eddy eine Geschichte nach der anderen aus dieser Zeit
zum Besten. Wir erzählten und erzählten.

Harry hatte ich völlig vergessen. Er saß neben mir und
schmollte.

Durch das große Fenster konnte ich sehen, dass die
Straßenlaternen die Fußgängerzone inzwischen mit ihrem
grellen Licht überfluteten, die Schaufenster strahlten hell
erleuchtet.

Vera und Eddy kündigten an, mit der nächsten Straßenbahn nach Hause fahren zu wollen.

»Da komme ich mit euch. Von Oggersheim aus kann
ich gut zu meinen Eltern trampen.«

Stockfisch Harry hatte schon wieder ein riesengroßes
Fragezeichen im Gesicht. »Ich dachte, du schläfst bei mir.«
Er sah aus wie ein begossener Pudel.

»Tja, ich muss nach Hause. Tschüss, mach's gut Harry!«

Ich nahm meine Tasche und verließ mit Eddy und Vera
das Lokal. Harry sah uns hilflos hinterher.

Jacko absolvierte eine Therapie. Eine Langzeittherapie. Er
würde es schaffen. Ich fühlte es. Und wenn er die Therapie
erfolgreich hinter sich gebracht hätte, dann würde er sich
melden. Ich wusste jetzt, wir würden uns wiedersehen. Ich
war mir sicher, genau wie damals mit fünfzehn Jahren.
Und ich wusste, dass es für uns eine gemeinsame Zeit ohne
Drogen und ohne Alkohol geben würde. Folgenschwer
war, dass ich noch fast ein Jahr warten musste, bis ich ihn
wiedersehen konnte. Wieder einmal blieb mir nur diese
Hoffnung auf unsere gemeinsame Zukunft.

Doch diese Sicherheit Jacko wiederzusehen, gab mir eine ungeahnte Kraft. Jetzt stürzte ich mich Hals über Kopf in meine Ausbildung zur Erzieherin. Die Fächer Psychologie, Heilpädagogik, Deutsch, Jugendliteratur und Kunst interessierten mich am meisten. Alles Wissen saugte ich gierig in mich hinein, ich war unersättlich wie ein trockener Schwamm. Fast wurde ich zu einer Streberin. In meinen letzten Schuljahren gehörte ich immer zu den schlechtesten Schülerinnen in der Klasse. Jetzt hingegen waren meine Zensuren gut bis sehr gut. Ich konnte das selbst am wenigsten glauben.

Etwas ganz Besonderes war der Deutschunterricht. Als erste Klausur schrieben wir eine Interpretation. Ich musste an damals denken, als ich eine brillante Geschichte geschrieben hatte und meine Klassenlehrerin nicht glaubte, dass der Text von mir stammte. Daher hatte ich bei der Rückgabe der ersten Arbeit in Deutsch ein sehr ungutes Gefühl. Ich lehnte mich zurück und dachte: Garantiert bin ich wieder die Letzte mit der schlechtesten Note, das kannte ich nur zu gut. Der Lehrer teilte die Arbeiten aus und tatsächlich hielten fast alle Klassenkameradinnen ihre Klausur in der Hand. Erst als meine Platznachbarin ihre Interpretation ausgehändigt bekam, begriff ich, dass der Lehrer die Arbeiten in umgekehrter Reihenfolge verteilte als meine frühere Klassenlehrerin. Und sofort dachte ich: Bestimmt ging meine Klausur verloren, sonst würde ich sie ja schon längst in den Händen halten.

Ich bekam sie als Allerletzte überreicht mit den Worten: »Das war mit großem Abstand die beste Arbeit. Leider kann ich nur eine glatte Eins geben, mehr geht nicht. Aber ich möchte Sie bitten, Frau Berger, uns diese hervorragende Interpretation vorzulesen.«

Verwundert und irritiert starrte ich den Lehrer an. Zunächst reagierte ich gar nicht. Ich dachte, ich müsse mich bestimmt verhört haben. Er wollte wissen, weshalb ich so erstaunt sei, ich hätte doch sicherlich damit gerechnet, eine sehr gute Klausur geschrieben zu haben.

»Nein, äh, nicht wirklich«, stotterte ich.

»Das erstaunt mich.« Er bat mich erneut, die Interpretation vorzulesen.

Danach erläuterte er, warum meine Arbeit so genial sei.

Als ich auch in der dritten Deutscharbeit eine glatte Eins hatte, teilte uns der Lehrer mit, dass ab jetzt immer die zwei besten Klausuren vorgelesen werden sollten, damit auch jemand anders – außer mir – die Chance erhalte, seine Arbeit allen präsentieren zu können. Aber meine Deutscharbeit durfte ich fast jedes Mal vorlesen. Das war ein völlig neues, aber wunderbares Gefühl.

Mit mehreren Schülerinnen aus meiner Klasse freundete ich mich an. Uli und ich schwänzten manchmal eine Stunde Unterricht. Wir gingen dann in eine Bäckerei in der Nähe der Schule, tranken Kaffee und aßen Käsebrötchen; das hatte etwas Konspiratives. Caro, die mir das Zimmer vermittelt hatte und in der Mansarde nebenan wohnte, wurde meine beste Freundin. Wir gluckten ständig zusammen. Obwohl sie das krasse Gegenteil von mir war: brav, wohlbehütet und konservativ, verstanden wir uns prächtig.

Seit ich sicher war, dass ich Jacko wiedersehen würde, war ich aus meinem Dornröschenschlaf erwacht. Immer seltener spielte ich dieses berauschende Spiel mit der Vergangenheit. Die Gegenwart begann mich zu interessieren und die Zukunft unseres Planeten. Ich hielt es für uneingeschränkt notwendig, gesellschafts- und umweltpolitischen Zusammenhängen auf den Grund zu gehen, eingefahrene

Denkschemata zu überprüfen, eigenes Tun zu reflektieren und umzudenken. Denn nur, wenn ich selbst zu einer reifen und kritischen Persönlichkeit heranwachsen würde, wäre ich in der Lage, Kinder zu verantwortungsbewussten, kritischen Menschen mit sozialer Kompetenz zu erziehen. Und das wollte ich: Kinder und Jugendliche auf ihrem Weg in die Welt begleiten und ihnen Hilfestellung und Orientierung geben, die ich nie bekommen hatte.

Unsere Klassenlehrerin war eine ganz tolle Powerfrau. Sie stellte mit ihren moralischen Vorstellungen ein großes Vorbild für mich dar.

Ich interessierte mich für immer mehr Themen. Ich las Bücher über die Friedens-, Frauen- und Alternativbewegung, Ökologie, Atomkraft, Ausländer, Alkoholismus, Drogenabhängigkeit, Gefängnisse.

Und ich begann, Fragen zu stellen:

Wie können wir in den Industriestaaten im Luxus leben, wenn in anderen Ländern so viele Kinder verhungern?

Was können wir gegen den atomaren Wahnsinn tun?

Was tragen wir selbst zur Zerstörung unserer Umwelt bei und was kann jeder Einzelne gegen die Umweltverschmutzung tun?

Warum werden Minderheiten ausgegrenzt? Welche Funktion erfüllen diese Minderheiten in unserer Gesellschaft?

Schon als Kind hatte ich so viele Fragen, aber niemand war da, um mir meine Fragen zu beantworten. Jacko war der Erste gewesen, der zahlreiche meiner Fragen beantwortete, bevor ich auch nur eine einzige Frage an ihn gerichtet hatte. Jetzt machte ich mich selbst auf den Weg, um Antworten auf all meine Fragen zu finden.

Wenn ich beim Einkaufen an den Regalen mit Alkoholika vorbeiging, dann lag der Geschmack des Wodkas oder Whiskys schwer auf meiner Zunge. Und in meinen nächtlichen Albträumen wurde ich weiterhin regelmäßig rückfällig. An manchen Tagen glich ich einem lavaspeienden Vulkan, an anderen fühlte ich mich grundlos traurig. Und immer wieder fraß sich diese Gier nach Betäubung in mir fest. In Augenblicken, in denen ich am wenigsten mit ihr rechnete, näherte sie sich auf schleichenden Pfoten von hinten und fiel mich an, wie ein wildes Tier. Dann kämpfte ich mit aller Kraft ums Überleben. Es war immer noch sehr schwer für mich, das Leben mit dieser brutalen Nüchternheit zu ertragen. Aber ich wollte nie wieder abhängig von Alkohol oder Tabletten werden, niemals mehr, denn es gab viel zu vieles in meinem neuen Leben, das ich inzwischen zu verlieren hätte.

Mit der Zeit wurde ich selbstsicherer und traute mir mehr zu. Ich war nicht mehr nur eine Träumerin, mit meinen beiden Füßen stand ich fest auf der Erde.

Ich saß in Mainz am Rheinufer und beobachtete die Lastkähne, die gemächlich auf dem Strom dahintuckerten. Zum zweiten Mal in meinem nüchternen Leben sah ich das Gras grüner und saftiger werden, die Blumenknospen sprießen und die Bäume blühen. Und ich sah, roch, hörte, fühlte und schmeckte den Frühling. Die Sonne schien, aber ich fror nicht mehr. Die ersten Sonnenstrahlen in diesem Jahr wärmten mich. Denn in mir selbst war eine Wärme, die ganz tief aus meinem Inneren kam.

Und zum ersten Mal wusste ich, ich würde meinen Weg durch dieses Labyrinth des Lebens finden.

2. Und ich fühle, dass ich lebe

Dieses Wochenende verbrachte ich – wie jedes zweite – bei meinen Eltern. Ich wusch Berge von Wäsche, stopfte eine Unmenge von Essen in mich hinein und ließ mich vom Fernsehprogramm berieseln. Mit meinen Eltern saß ich am Sonntagabend vor dem Tatort, als das Telefon läutete. Normalerweise ging ich bei meinen Eltern nicht dran, aber diesmal beeilte ich mich, den Hörer abzunehmen. Es war, als hätte ich geahnt, dass dieser Anruf mein Leben gründlich durcheinanderwirbeln würde.

»Hallo Hannah! Hier ist Jacko.«

Mein Herz begann, wie wild zu rasen. Jacko!

Ich hatte gewusst, dass er sich nach der Therapie melden würde.

»Jacko, wie geht es dir? Wo bist du?«

»Ich habe meine Langzeittherapie vor einigen Wochen beendet. Ich bin clean. Völlig clean. Und du kannst mir glauben, ich habe nicht vor, mir mein Leben noch einmal durch das Heroin zerstören zu lassen. Zurzeit wohne ich allerdings im *Home*, nur zum Übergang, bis ich etwas anderes gefunden habe.«

»Jacko, ich bin so froh, dass du diese lange Zeit der Therapie durchgehalten hast. Du kannst sehr stolz auf dich sein. Ich bin auch sehr, sehr stolz auf dich. Wahnsinn, dass du clean bist.«

»Hannah, ich muss dich etwas fragen. Bei unserer Trennung hast du gesagt, du ... du wärst jederzeit bereit, eine neue Beziehung mit mir einzugehen, unter der Bedingung, dass ich keine Drogen mehr nehme. Trifft das ... das noch zu?« Er sagte die letzten Worte unsicher, als würde er sich ganz langsam auf Glatteis vortasten.

»Ja, Jacko, selbstverständlich trifft das zu. Ich liebe dich immer noch. Ich würde sehr gerne mit dir eine neue Beziehung beginnen.«

»Das würde ich auch gerne. Ich empfinde immer noch sehr viel für dich. Ach, Hannah, so oft habe ich an dich gedacht während der Therapie.«

»Ich habe auch sehr oft an dich gedacht. Ich war mir sicher, dass du dich melden wirst, wenn du deine Therapie beendet hast. Ich habe so fest daran geglaubt.«

»Eddy hat mir erzählt, dass du auf meinen Anruf wartest. Jedes Mal, wenn er mich sah, war seine erste Frage: ›Hast du Hannah angerufen?‹ Heute ist Eddy richtiggehend ausgerastet, als ich ihm vorhin sagte, dass ich noch nicht mit dir telefoniert hätte. So habe ich Eddy noch nie erlebt. Er hat getobt wie ein Wahnsinniger und mich aufs aller Übelste beschimpft. Dann sagte er, dass du mich so sehr lieben würdest und er nicht wüsste, ob ich deine Liebe überhaupt verdient hätte. Aber eines wisse er ganz genau, dass ich der größte Idiot sei, der auf der Welt herumlaufe, weil ich mich noch immer nicht bei dir gemeldet hätte. Ich soll meinen Arsch endlich in Bewegung setzen und dich anrufen, bevor ich wieder auf H bin und mein neues drogenfreies Leben der Vergangenheit angehört. Und ich wusste, dass er recht hat.«

Danke, Eddy! Danke mein Schutzengel!, sagte ich in Gedanken.

»Schön, dass du endlich auf Eddy gehört hast. Wenn du ihn siehst, richte ihm ganz liebe Grüße aus und gib ihm bitte einen dicken Kuss von mir. Ja?«

»Igitt, reicht auch ein Handkuss? ... Hannah, können wir uns sehen?«

»Ja, natürlich. Ich freue mich so sehr, dich zu sehen.«

Wir verabredeten uns für nächsten Samstag, um vierzehn Uhr, im Nachbardorf an der Straßenbahnhaltestelle.

Ich war überglücklich. Fast fünfzehn Monate war unsere Trennung jetzt her. Endlich würde unser gemeinsames Leben ohne Alkohol und ohne Drogen beginnen. Ich liebte Jacko so sehr. Und ich war stolz auf ihn, dass er die Therapie geschafft hatte. Allerdings konnte ich nicht nachvollziehen, warum er nach seiner Langzeittherapie in eine Einrichtung für obdachlose Drogenabhängige gezogen war. Ich fragte mich, wie er dort clean bleiben wollte.

Mit Bauchschmerzen fuhr ich am nächsten Morgen zurück nach Mainz. Bevor ich mit Jacko neu starten konnte, musste ich zunächst meine Freundschaft mit Arnold beenden. Ich nannte es Freundschaft, denn eine richtige Beziehung war es nicht, das, was sich zwischen uns abspielte. Ich hatte Arnold im letzten Jahr in einem Club kennengelernt. Er schien mir ziemlich verklemmt, aber irgendwie unterschied ihn gerade das von den anderen Männern dort. Wir kamen ins Gespräch und er bot mir an, mich bis zu meiner Haustür zu begleiten. Wir verabredeten uns zu einem gemeinsamen Abendessen und dabei blieb es nicht. Eigentlich wollte ich diese Verbindung schon mehrmals beenden, schreckte allerdings im letzten Augenblick immer wieder davor zurück.

Als ich Arnold nach einigen Tagen sah, schlief ich mit ihm, zum letzten Mal, aber das wusste nur ich. Ich wollte ihm eine Art Abschiedsgeschenk machen. Noch immer war ich mir darüber im Unklaren, wie ich diese Freundschaft beenden sollte. Ich wusste, es würde etwas passieren.

Meine Eltern fuhren am nächsten Samstag in die Stadt zum Einkaufen. Sie nahmen mich im Auto mit ins Nachbardorf zur Straßenbahnhaltestelle. Jacko stand schon lässig an der Rückseite des Wartehäuschens gelehnt.

Mein Vater sagte entsetzt, wie zu sich selbst: »Rote Hosen, der hat rote Hosen an. Rote Hosen!«

Sofort drehte meine Mutter ihren Kopf zu mir um und sah mich mit bösem Blick strafend an, als wäre Jacko mein Kind, für das ich die volle Verantwortung trüge, als hätte ich ihm die roten Hosen angezogen. In diesem Augenblick war Jacko mir peinlich und ich dachte: Warum hat er keine Jeans an? Und gleichzeitig ärgerte ich mich über mich selbst, darüber, dass er mir peinlich war, schließlich konnte er doch anziehen, was er wollte.

Ich stieg aus dem Auto aus und meine Eltern hoben die Hand, um Jacko aus der Ferne zu begrüßen. Sie grüßten ihn, wie sich Nachbarn *Guten Tag* sagen, die sich morgens auf der Fahrt zur Arbeit in ihren Autos begegnen. Jacko erwiderte ihren Gruß aus der Ferne. Dann fuhren meine Eltern weg und ich sah nur noch Jacko. Jetzt war er mir nicht mehr peinlich; mir war egal, was er anhatte. In diesem Moment existierten nur noch wir beide auf der Welt.

Ich war so unendlich froh, ihn zu sehen. Sein Haarschnitt war kürzer. Er sah viel jünger und gesünder aus. Die Therapie hatte ihm offensichtlich sehr gutgetan. Aber ich sah auch die vielen Pickel in seinem Gesicht, seine Augen. Er drückte. Entgegen seinen Beteuerungen war er alles andere als clean. Ich hatte es so sehr gehofft. Wahrscheinlich hatte er sich gleich nach seiner Ankunft hier den ersten Schuss gesetzt, dann konsumierte er seit über zwei Monaten wieder Heroin. Zunächst war ich maßlos enttäuscht, dann dachte ich: Jascha wird es wieder schaffen, mit den Drogen aufzuhören, schließlich hat er ein Jahr Langzeittherapie durchgehalten. Ich beschloss, nichts zu sagen, ich wollte, dass er es selbst zugab, dass er nicht clean war.

Wie ein Bruder gab er mir nur einen flüchtigen Kuss auf meinen Mund. Mein ganzer Körper reagierte sofort und schrie nach mehr, viel mehr.

Jacko wollte das Grab seines Freundes Gregor besuchen, das sich in diesem Dorf befand. Wir liefen die Hauptstraße entlang bis zum Friedhof.

Dann standen wir vor Gregors Grab. Ich musste daran denken, als ich kurz vor seinem Tod mit ihm am Grab seiner Freundin Sonja stand, welches sich ein paar Gräber weiter befand. Damals sah ich mich in Gedanken an Jackos Grab stehen. Aber er lebte. Und er wollte ein Leben ohne Drogen führen.

Jackos Augen füllten sich mit Tränen, als er sagte: »Gregor war neben Tom mein bester Freund gewesen. Mit ihm zusammen hatte ich mein erstes Ding gedreht, gemeinsam fuhren wir in den Knast ein. Scheiß Heroin! Es zerstört so viele Leben.«

Als Nächstes fuhren wir in sein früheres Heimatdorf und besuchten dort das Grab seines Vaters. Er war gestorben, als Jacko elf Jahre alt war. Wir liefen danach an seinem früheren Elternhaus und dem Schuppen vorbei, an den Orten, an denen Jacko gewohnt hatte, als wir neun Monate befreundet waren. Danach fuhren wir mit der Straßenbahn nach Ludwigshafen.

Jacko erzählte mir von der Zeit in der Therapie. Und dass er sehr oft an mich gedacht habe. Er behauptete, dass er niemals mehr harte Drogen nehmen würde. Immer wieder beteuerte er, dass er clean sei. Ich wusste es besser, erwiderte jedoch nichts.

Später saßen wir allein unten im Gruppenraum des *Home*.

Vor über zwei Jahren hatte ich vier Monate hier in dieser Einrichtung gewohnt. Ich musste an die Weihnachtsfeier denken, die Iris, die Psychologin der Einrichtung, ausgerichtet hatte und an das Weihnachtsessen am ersten Feiertag, das mein damaliger Freund Carlos mit einer Armada an Helfern zubereitet hatte.

Jacko setzte sich ans Klavier und klimperte sehr gekonnt *Alle meine Entchen*. Ich sah ihm von der Seite dabei zu und in meinem Bauch flogen wieder diese tausenden Schmetterlinge, sie trudelten hoch und runter. Tausende. Abertausende. Ich sah ihn an und wusste: Ich liebe ihn. Ich liebte ihn so sehr, wie ich noch nie einen Menschen geliebt hatte. Ich wollte mit ihm zusammen sein. Ich brauchte ihn. Jacko sah mich mit genau dem gleichen Blick an wie ich ihn. Und dann küssten wir uns, lange und leidenschaftlich.

»Hast du eigentlich einen Freund?«, wollte Jacko nach dem Kuss wissen.

»Ja, aber es ist nichts Ernstes. Ich werde die Beziehung beenden.«

»Kommen wir wieder zusammen, Hannah?« Jacko sah mich erwartungsvoll an.

»Ja, Jacko, auf jeden Fall. Wir müssen uns nur entscheiden, wo wir wohnen werden.«

»Vielleicht sollte ich wegziehen von hier, irgendwohin, wo mich keiner kennt, wo ich nicht Jacko, der Junkie, bin.«

»Das wäre bestimmt das Beste.«

Und dann schmiedeten wir Pläne für unsere gemeinsame Zukunft.

Als ich ging, fiel es mir sehr schwer, mich wieder von Jacko zu trennen. Aber ich musste erst einmal zurück in mein bisheriges Leben, um es neu zu ordnen.

Ich dachte, in meiner schuhschachtelgroßen Mansarde in Mainz können wir unmöglich zusammenwohnen. Meine

Ausbildung dauerte noch fünf Monate und in diese Zeit fielen meine wichtigsten Prüfungsklausuren. Ich würde mich voll darauf konzentrieren müssen. Zuerst wollte ich meine Ausbildung beenden und dann mit Jacko zusammenziehen.

Aber als Erstes musste ich Arnold vom Ende unserer Freundschaft in Kenntnis setzen. Das zwischen uns, war keine richtige Beziehung, eher ein Klienten-Therapeuten-Verhältnis. Ich war die Therapeutin, er der Klient. Jedes Mal, wenn wir uns – wie immer – ausschließlich bei mir trafen, war ich die ersten ein bis zwei Stunden damit beschäftigt, meinen Freund aus einem tiefen Loch zu ziehen. Er hatte noch nie Drogen genommen und doch war er kaputter als alle Junkies, die ich bisher kennengelernt hatte. Er versank jeden Tag schlammtief in seiner Depression und verhedderte sich in seinem unendlichen Selbstmitleid.

Freitagabend teilte ich Arnold mit, dass ich Jacko getroffen hätte, ihn immer noch liebe und mit ihm leben wolle.

Arnold wurde sofort ausfallend: »Dieser Typ fickt dich wohl besser? Hat er einen größeren Schwanz oder was ist der Grund?«

Ich versuchte, ihm alles zu erläutern. Zunächst wurde er gemein, dann weinerlich, später flennte er.

»Ich bring mich um«, drohte er, »und du bist daran schuld.«

Er erzählte dann sehr wirres Zeug. Und in diesem Augenblick wusste ich, warum es mir in den letzten Monaten so schwergefallen war, diese verkorkste Beziehung zu beenden.

Immer wieder drohte er damit, sich, mich oder uns beide umzubringen.

Nach Stunden ging er.

Es war Fastnacht. Mainz ist eine Hochburg der Narren. Selbst hier oben in meiner Dachmansarde im achten Stock blieb ich nicht von dem Gegröle unten auf der Straße verschont. Es fühlte sich an, als wollten mich all diese Narren verhöhnen. Ich war ausgelaugt, fertig. Das Gespräch mit Arnold hatte mich angestrengt. Erst jetzt begriff ich, dass er krank war, richtig krank, psychisch krank. Er brauchte Hilfe, aber eine Hilfe, die ich ihm niemals hätte geben können.

Am Wochenende besuchte ich Jacko. Ich sah ein, dass es so nicht funktionieren würde, wie ich mir das vorgestellt hatte. Er konnte unmöglich noch einige Monate in Ludwigshafen bleiben. Diesmal gab er zu, dass er seit Wochen harte Drogen konsumierte.

»Den ersten Schuss habe ich mir gleich am zweiten Tag nach der Therapie gesetzt. Alle möglichen Leute, die mir hier begegnet sind, haben mir Drogen angeboten. Zu Beginn habe ich noch öfter dankend abgelehnt. Na ja, du weißt ja, wie das läuft. Die ersten Wochen brauchte ich mir dann keine Drogen zu kaufen. Ich wurde ständig zum Drücken eingeladen. Und wenn ich nicht bald hier rauskomme, dann bin ich wieder voll auf Heroin. Ich will mein Leben auf keinen Fall zum zweiten Mal wegwerfen. Aber ich schaffe das einfach nicht, hier in dieser Stadt clean zu bleiben.«

Ich bot Jacko an, mich in Mainz zu besuchen. »Dort können wir in Ruhe überlegen, wie es weitergehen soll.« Wir verabredeten uns für nächsten Mittwoch bei mir in Mainz.

Am Montagmorgen passte mich Arnold in der ersten großen Pause in der Schule ab. Er ging auf mich zu, holte aus und schlug mir mit voller Wucht ins Gesicht. Es ging alles ganz schnell. Ich konnte mich nicht auf den Beinen halten und knallte rückwärts auf das Schulhofpflaster. Meine Freundin Uli half mir hoch. Ich war geschockt. Ich war nicht gewohnt, geschlagen zu werden, fühlte mich hilflos und wütend. Gleich danach fing Arnold an zu weinen. Meine Freundin Uli und ich gingen mit ihm in ein Café, er musste reden. Zunächst wollte ich mich nicht mit ihm ins Café setzen, aber irgendwie fühlte ich mich auch schuldig, schließlich hatte ich unsere Beziehung beendet. Wir redeten und redeten. Es fühlte sich so an, als wäre nicht ich das Opfer der Schläge geworden, sondern er, Arnold. Er flennte Rotz und Wasser. Immer wieder beteuerte er, wie leid es ihm tue, und dass er das nicht noch einmal machen werde. Aber an allem gab er mir die Schuld. Er begriff nicht, dass er schon sehr lange krank war, seit Jahren. Das Gespräch dauerte Stunden. Danach fühlte ich mich müde und fertig, als hätte ich seit Tagen nicht mehr geschlafen.

Arnold absolvierte an der gleichen Schule sein Fachabitur, an der ich die Fachschule für Sozialpädagogik besuchte. Also sahen wir uns auch am nächsten Tag in der großen Pause. Wieder ging er auf mich zu und schlug mir ins Gesicht. Diesmal schrie ich ihn an, drohte ihm mit der Polizei. Sofort tat ihm alles leid. Wieder wollte er reden. Aber diesmal war ich nicht dazu bereit. Wenn das letzte Gespräch so wenig gebracht hatte, warum sollte ich mir das dann erneut antun?

Zum ersten Mal hatte ich tatsächlich Angst vor ihm. Angst, dass er sich selbst oder vielmehr zunächst mir etwas antun könnte. Ich war verwirrt und fühlte mich hoffnungslos ausgeliefert, ohnmächtig und erniedrigt. Ich hoffte nur, dass Jacko morgen – wie versprochen – kommen würde.

Als ich nach Hause kam, lag im Briefkasten ein Liebesbrief von ihm. Er bedankte sich für meinen langen Brief, den ich ihm in der letzten Woche geschrieben hatte und bestätigte, dass er mich am Mittwoch besuchen würde. Er schrieb, dass wir heute, auf den Tag genau vor zwei Jahren eine Beziehung begonnen hatten. Und er möchte sehr gerne noch einmal mit mir von vorn anfangen – ohne Drogen. Jacko habe noch sehr viele Gefühle für mich. »Ich liebe dich noch immer. Und ich mag dich noch mehr als früher.« Es war ein wunderschöner, lieber Brief, er war unterschrieben mit *Jascha*.

Dieser Brief war nicht nur auf den Tag genau zwei Jahre, nachdem wir unsere Beziehung begonnen hatten, datiert, sondern auch fast auf den Tag genau fünf Jahre, nachdem ich Jacko zum ersten Mal auf der Drogenwiese gesehen hatte.

Am Mittwoch ging ich nicht zur Schule. Eigentlich hätte ich eine wichtige Klausur in Heilpädagogik schreiben müssen. Aber ich konnte an diesem Tag unmöglich eine Arbeit schreiben. Ich hatte Angst, riesengroße Angst vor dem Weg zur Schule, Angst vor der ersten großen Pause. Also blieb ich zu Hause und wartete auf Jacko. Um zwei Uhr läutete es. Ich hatte schon wieder Angst. Was, wenn es nicht Jacko, sondern Arnold war? Ich bewaffnete mich mit dem Schürhaken, bevor ich die Tür öffnete. Jacko sah mich verdutzt an. Ich fiel in seine Arme und weinte. Endlich fühlte ich mich sicher. Jetzt konnte mir nichts mehr passieren. Jacko war da. Er versprach mir, erst wieder nach Ludwigshafen zu fahren, wenn alles geklärt sei und ich keine Angst mehr zu haben bräuchte.

Dann, zwei Stunden später, klingelte es erneut. Ich wollte die Tür nicht öffnen.

Jacko sagte: »Mach ihm die Tür auf, ich rede mit ihm.«

Arnold war mehr als erstaunt, dass ich nicht allein war. Damit hatte er nicht gerechnet. Jacko gab ihm die Hand und stellte sich vor.

»Setz dich«, sagte er barsch zu Arnold.

Dieser setzte sich auf den Stuhl uns gegenüber, wir saßen auf meinem Bett.

»Und was hast du in deiner Plastiktüte?«, wollte Jacko wissen.

Arnold drückste herum.

»Was ist da drin, ein Messer oder was?«

»Ja, das Brotmesser meiner Oma«, quetschte Arnold hervor und sank auf dem Stuhl zusammen wie ein Häufchen Elend.

»Gib die Tüte her!«, befahl Jacko.

Arnold gab ihm die Plastiktüte. Jacko beschied: »Die stellen wir wohl besser vor die Tür. Nachher nimmst du sie wieder mit. Deine Oma braucht doch ihr Brotmesser. Wolltest du Hannah damit umbringen?«

Arnold wurde immer kleiner auf dem Stuhl.

Aber Jacko legte jetzt erst richtig los. Er wollte von Arnold wissen, was er eigentlich für ein riesiges Arschloch sei. Ich sei doch viel kleiner und schwächer als er. Und ob ihm bisher noch niemand klargemacht hätte, dass man keine Frau schlägt. »Eine Frau zu schlagen, das ist echt das Letzte, das Allerletzte.« Er wollte wissen, was überhaupt in Arnolds krankem Gehirn abgehen würde. Jacko fuhr Arnold an, ob er tatsächlich davon ausgehe, dass er mich mit Schlägen dazu bringen könne, bei ihm zu bleiben. Dann stellte Jacko ihm die Frage, wie er dazu käme, Gott über Leben und Tod spielen zu wollen, nur weil ich diese kaputte Beziehung beendet hätte. Wir redeten und redeten. Das heißt, die meiste Zeit redete Jacko. Ab und zu schrie er Arnold an: »Los, ich will was hören. Eine Antwort! Ich will eine Antwort hören. Bei mir musst du dich nicht entschuldigen. Hannah musst du dazu bringen, dass sie dir verzeiht.«

Jacko war großartig. Schließlich hatte er ein Jahr in Langzeittherapie verbracht. Und die letzten Monate seiner Therapie hatte er zu den Ex-Usern gehört, die die Gruppentherapie leiten und die Aufnahmegespräche führen. Das merkte man.

Nach über einer Stunde beendete Jacko das Gespräch. Allerdings nicht ohne Arnold klarzumachen, dass er selbst kein Schläger sei, aber nicht zuletzt aufgrund seiner Knasterfahrung, auch anders könne. Jacko verbot Arnold, sich mir auch nur auf den Abstand von drei Metern zu nähern, sonst würde etwas Schreckliches passieren. Und was, das wolle er jetzt lieber nicht ausführen.

Arnold bedankte sich nach dem Gespräch vielmals bei Jacko. Zu mir sagte er: »Ich kann jetzt verstehen, dass du mit diesem Mann leben willst. Er ist ein sehr außergewöhnlicher Mensch.«

Als Arnold mit dem Brotmesser seiner Oma nach Hause gegangen war, sagte Jacko: »Du brauchst keine Angst mehr vor diesem Typen zu haben. Glaube mir, ich kenne diese Sorte.«

Ja, ich glaubte ihm, aber Angst hatte ich trotzdem noch.

Eine Stunde später klingelte es erneut. Sofort zuckte ich ängstlich zusammen.

Aber Jacko beruhigte mich: »Du kannst ruhig aufmachen. Das ist er nicht, garantiert nicht.«

Zu meiner Überraschung war es meine Klassenlehrerin. Sie hatte von dem Vorfall auf dem Schulhof gehört und sich Sorgen um mich gemacht, da ich heute die Klausur versäumt hatte. Sie bot mir an, die Prüfungsarbeit in zwei Tagen nachzuschreiben. Das nahm ich gerne an.

Nach vier gemeinsamen Tagen fragte Jacko: »Kann ich nicht bei dir hier einziehen? Irgendwie geht das schon. Ich werde dich bestimmt nicht beim Lernen stören. Ich mache mich klein und unsichtbar.«

Ich hielt das auch für die beste Idee. Denn wenn Jacko weiter in Ludwigshafen blieb und Drogen nahm, konnte ich mich sowieso nicht konzentrieren. Es war wunderschön, ihn in meiner Nähe zu haben. Ich fühlte mich beschützt und aufgehoben. Ich war sicher, dass er mich nicht beim Lernen stören würde. Im Gegensatz zu Arnold, der – wie ein Energieräuber – immer nur Kraft von mir abgezogen hatte, lud Jackos Anwesenheit mich mit Lebensenergie und Tatkraft auf.

Dann fuhr mein Traummann ein letztes Mal zurück in die Vorderpfalz, um seinen Umzug zu organisieren. Einige Sachen wollte er bei seiner Mutter unterstellen.

Anfang April stand Jacko vor meiner Tür, in der rechten Hand die große blaue Einkaufstasche seiner Mutter, mit der er seine wenigen Habseligkeiten transportiert hatte, die er für unser gemeinsames Leben benötigte. Viel mehr Platz war in meiner kleinen Mansarde auch nicht. Es würde sehr eng werden für uns beide. Aber trotzdem war ich unendlich glücklich, dass Jacko hier war.

Er hatte ein Geschenk für mich. Ich konnte es nicht fassen.

»Ein nachträgliches Geburtstagsgeschenk«, sagte er.

Ich musste die Augen schließen und er steckte mir einen silbernen Armreif an mein rechtes Handgelenk. Der reich verzierte Armreif war wunderschön, an beiden Enden schloss er mit dem Antlitz einer janusköpfigen Schlange ab.

Ich fiel Jacko stürmisch um den Hals. Woher der Armreif stammte, wollte ich lieber nicht wissen und auch nicht, wer, für was damit bezahlt hatte. Jetzt wollte ich mich einfach nur darüber freuen. Jacko hatte mir bisher nur einmal ein Geschenk gemacht: eine schrecklich kitschig aussehende rote Plastikblume in einer großen, mit Wasser gefüllten Glaskugel. Seine Mutter beabsichtigte dieses Ungetüm wegzuwerfen, da nahm es Jacko an sich und schenkte es mir. Natürlich war ich überglücklich gewesen und auch jetzt in meiner kleinen Mansarde nahm sein Geschenk immer noch einen festen Platz ein.

Ich kochte eine große Kanne grünen Tee und wir schwelgten in der Zeit unserer neunmonatigen Beziehung. Dann berichtete Jacko über die letzten Wochen und plötzlich war ich mir sicher, dass er Drogen dabeihatte. Ich wusste nicht warum, aber mit einem Schlag war diese Erkenntnis da. Ich wollte wissen, ob er Heroin mitgebracht habe, nur ein bisschen, um sich runterzudosieren. Er stritt es vehement ab. Aber ich wusste es. In seiner Tasche befand sich Heroin. Da konnte er mir nichts vormachen. Ich kannte ihn zu gut. Jacko behauptete, schon die letzten zwei Wochen keine harten Drogen mehr genommen zu haben. Fast artete unsere Diskussion in einem richtigen Streit aus. Nach einer Stunde, als ich schon selbst zu zweifeln begann, ob ich mich da nicht in etwas verrannt hatte, stand Jacko auf und ging an die blaue Einkaufstasche seiner Mutter. Er öffnete den Reißverschluss eines Innenfachs und beförderte zwei Briefchen H und eine Glasspritze hervor.

»Ab heute ist die Gun überflüssig. Ich höre ja jetzt wirklich auf.«

Er sah mich mit einem frechen Grinsen an, legte die Spritze auf die Erde und trat mit seinen Schuhen drauf. Das Geräusch von zersplittertem Glas erfüllte den Raum. Schon einmal hatte er eine Glasfixe zertreten, auch damals wollte er mit dem Heroin aufhören.

Dann legte er die beiden Briefchen Heroin feierlich in meine Hand und verkündete: »Von mir aus, wirf das H in die Toilette. Ich brauche es nicht mehr.«

Das ließ ich mir natürlich nicht zweimal sagen. Auf der Stelle vernichtete ich das Heroin.

Als ich zurückkam, sah Jacko mich lange an, bevor er sagte: »Ich will wirklich clean werden, Hannah. Ehrlich. Ja, du hast recht, ich wollte mich nur ein bisschen runterdosieren.«

Und erneut kamen Zweifel bei mir auf: Runterdosieren, mit zwei Briefchen H? Und für das wenige Heroin hatte er eine Glasspritze dabei? Für wie blöd hält er mich eigentlich?, dachte ich.

»Das ist aber wenig Heroin, damit wolltest du dich runterdosieren? Wenn du noch mehr dabeihast, gib es mir. Bitte!«

»Nein, das war alles. Hannah, ich schwöre dir, ich habe kein Gift mehr dabei. Das war wirklich alles. Ehrlich!«

Er log. Ich sah es. An seinen Augen, an der Art, wie er mich ansah, an seinen Bewegungen. Also diskutierte ich weiter mit ihm. Ich sagte ihm, dass ich ihm nicht glaubte, dass er sich mit zwei Hits herunterdosieren wollte. Außerdem sagte ich ihm, dass ich ganz genau sah, dass er gelogen hatte. Zeitweise wurden wir beide ganz schön laut. Immer wieder schrie Jacko: »Dann durchsuch doch die Tasche. Du kannst alles filzen. Alles. Ich habe kein Hero mehr dabei. Ehrlich. Ich würde dich doch nicht anlügen. Niemals.«

Nachdem wir uns zwei weitere Stunden heißgeredet hatten und ich gerade endgültig einlenken wollte, da ging er zur Einkaufstasche. Aus einer Art doppeltem Boden entnahm er fünf weitere Briefchen Heroin.

»Hannah, du kennst mich wirklich verdammt gut. Und du bist die hartnäckigste Frau, die mir in meinem ganzen Leben begegnet ist. Aber du bist genau das, was ich brauche.«

Ich flog in seine Arme. Tränen des Glücks schossen über meine Wangen.

Die Drogen und die Briefchen spülte ich die Toilette hinunter. Immer wieder betätigte ich die Wasserspülung, damit auch ja nichts in der Schüssel zurückblieb.

Als ich zurückkam, sah Jacko mich lange mit ernstem Blick an, dann sagte er: »Ich werde kein Heroin mehr nehmen. Nie wieder. Hannah, ich möchte mit dir zusammen ein neues Leben aufbauen. Ich bin nicht mehr Jacko, der Junkie.«

»Weißt du was«, sagte ich, »ich verspreche dir, ich werde dich nie wieder Jacko nennen. Deinen Vornamen Jascha fand ich schon immer viel schöner als deinen Spitznamen Jacko. Ab heute bist du für mich nur noch Jascha. Versprochen!«

3. Glücklich zum Zerspringen

Den Frühling und Sommer verbrachten Jascha und ich gemeinsam in meiner Mansarde. Eigentlich war das Zimmer viel zu klein, um dort zu zweit zu leben. Es gab nur ein Bett, mit einer achtzig Zentimeter breiten Matratze, einen kleinen Kleiderschrank, ein Regal, einen kleinen Schrank mit zwei Herdplatten obendrauf, einen Campingtisch, einen Stuhl und einen Ölofen, der im Winter meist stotterte. In der Hälfte der Mansarde war die Wand schräg. Wir liebten uns so sehr, dass uns das alles wenig störte. Die meiste Zeit verbrachten wir sowieso im Bett, wir hatten eine Menge nachzuholen, Jascha ganz besonders; Sex mit anderen Personen war in der Langzeittherapie verboten.

Der Sommer war so heiß, dass wir es in meiner Dachgeschossmansarde im achten Stock oft nicht aushielten. Ganze Nächte gingen wir am Rhein spazieren und legten uns erst gegen morgen ins Bett, wenn sich die Luft in der Mansarde abgekühlt hatte. Manchmal schlief ich nur drei Stunden, bevor ich aufstand und zur Schule ging. Diese Phase meiner Ausbildung zur Erzieherin war nicht leicht, ich schrieb eine Klausur nach der anderen. Und obwohl ich mich nicht sehr intensiv darauf vorbereitete, wurde jede schriftliche Arbeit besser als die letzte. Ich befand mich in Höchstform. Mit meinem Traummann an meiner Seite nahm ich jede Hürde. Zu Beginn verbrachte ich weiterhin jedes zweite Wochenende bei meinen Eltern. Da Jascha dann aber allein in Mainz blieb, verlängerte ich die Zeit zwischen den Wochenendheimfahrten, erst auf drei, dann auf vier Wochen.

Manchmal fuhren wir auch zusammen in die Vorderpfalz. Ich übernachtete dann bei meinen Eltern und Jascha bei seiner Mutter. Meist blieb er lieber in Mainz. In seiner Heimat war er nur wieder Jacko, der Junkie.

Dann erfuhr ich meine Prüfungsklausuren, sie waren alle sehr gut. Und in meinem gesamten Notendurchschnitt war ich besser als gut.

Meinen Eltern hatte ich zunächst verheimlicht, dass Jascha bei mir wohnte. Nach bestandener Prüfung dachte ich, dass die Zeit gekommen sei, reinen Tisch zu machen.

Meine Mutter keifte: »Wenn du mit diesem Fixer zusammenziehst, dann wird dir Papa nicht beim Umzug helfen.«

»Na und, dann machen wir das eben selbst«, gab ich ihr patzig als Antwort.

»Dieser Junkie schläft nicht bei uns«, verkündete meine Mutter, »den brauchst du gar nicht erst mitzubringen.«

Ich machte meinen Eltern klar, dass ich auf jeden Fall mit Jascha leben werde. »Er ist der Mann, den ich liebe. Ihr könnt das entweder akzeptieren oder es lassen. Wenn ihr ihn nicht als meinen Freund anerkennen wollt, dann ist das eure Sache, aber ich werde nicht alleine zu euch kommen. Wenn Jascha nicht mitkommen darf, dann werde ich auch darauf verzichten, euch in Zukunft zu besuchen. Ich gehöre zu Jascha und er gehört zu mir. Er ist seit vielen Monaten clean; ich erwarte, dass ihr ihm eine Chance gebt.«

Jascha und ich hatten lange überlegt, wo wir hinziehen sollten. Ich hatte mir schon vor Monaten mehrere Stellen für mein Anerkennungsjahr als Erzieherin gesucht. Schließlich hatte ich ja gehofft, dass sich Jascha nach seiner Therapie bei mir melden würde. Eine der Stellen war in einem Heim für verhaltensauffällige Kinder und Jugendliche in einer Kleinstadt im Taunus. Dort hatte ich einen Tag

Probegearbeitet und hatte mich in der Gruppe sehr wohl-
gefühlt. Wir beide kannten die Stadt nicht, aber mein
Freund meinte, es sei egal, wo er hinziehe, Hauptsache,
dort kenne ihn niemand.

Am 1. September war es dann so weit. Jascha und ich
zogen in den Taunus. Mehrmals war ich davor in dieser
Stadt, um eine Wohnung für uns zu finden. Nun zogen wir
in eine kleine hübsche Parterrewohnung in einem Miets-
haus mit sechs Parteien. Unsere erste gemeinsame Wohnung. Natürlich hatte sich mein Vater doch einen VW-Bus
geliehen, um unser Hab und Gut von Ludwigshafen und
Mainz in den Taunus zu transportieren.

Schon am nächsten Tag begann ich mein Anerkennungsjahr als Erzieherin in dem Kinderheim. Ich absolvierte das
Jahr in einer Mädchengruppe, in der zehn Jugendliche von
drei Erzieherinnen und mir als Jahrespraktikantin betreut
wurden. Gleich in der ersten Woche arbeitete ich auch am
Wochenende durch und kam auf achtundfünfzig Wochen-
stunden.

Jascha, der noch keinen Job hatte, tapezierte und strich
unterdessen unsere Wohnung. Er hatte Schwierigkeiten,
eine Arbeit zu finden. Zu Beginn rasselte es nur Absagen
und nach jedem Vorstellungsgespräch war er deprimierter.
Dann versuchte er sein Glück bei einer Zeitarbeitsfirma.
Jascha ging dorthin und sagte: »Ich bin achtundzwanzig
Jahre alt, neun Jahre war ich drogenabhängig, ich habe keinen Schulabschluss, keine Berufsausbildung. Ich habe eine
Langzeittherapie erfolgreich hinter mich gebracht und lebe
jetzt insgesamt seit einem Jahr und neun Monaten drogenfrei. Damit das auch so bleibt, brauche ich unbedingt einen
Job. Ich bin hochmotiviert, zuverlässig und bereit, alles zu
machen, da ich mir zusammen mit meiner Freundin ein

neues Leben aufbauen möchte. Geben Sie mir eine Chance und ich zeig's Ihnen.«

Die Zeitarbeitsvermittlung verließ er mit einem Arbeitsvertrag. Er konnte am nächsten Tag anfangen.

In den ersten Wochen fiel Jascha das regelmäßige Arbeiten extrem schwer, denn wenn er eines nicht gewöhnt war, dann war es früh am Morgen aufzustehen und zur Arbeit zu gehen. Auch mich schlauchte mein Anerkennungsjahr im Heim. Nur jedes zweite Wochenende hatte ich frei. Aber die Arbeit mit den Jugendlichen und den Kolleginnen in meiner Gruppe machte mir auch sehr viel Spaß. Mit meinen zwanzig Jahren war ich zwei Jahre älter als die beiden ältesten Jugendlichen meiner Gruppe. Da kam es schon manchmal zu Reibereien und ich musste mir erst einmal Respekt verschaffen.

In Mainz war das Zusammenleben mit Jascha ein Provisorium gewesen, irgendwie war alles viel zu eng, aber wir wussten, dass es keine andere Lösung gab, also hatten wir uns arrangiert. In der neuen Wohnung gab es schnell Streit. Jascha hatte noch nie zuvor mit einer Frau in einer Wohnung zusammengelebt. Bei seiner Mutter brauchte er nichts tun. Er setzte sich an den gedeckten Tisch, aß, stand auf, und damit war die Sache erledigt. Jetzt handhabte er es genauso. Er spülte nicht, putzte nicht, wusch nicht, kochte nicht, ging nicht einkaufen. Jascha sah nie, wenn etwas zu machen war. Alles blieb an mir hängen. Wenn ich zum Beispiel am Wochenende spätabends von der Arbeit nach Hause kam, sah unsere Wohnung aus wie ein Saustall. Zu Beginn fügte ich mich und räumte alles auf, spülte das Geschirr, wusch die Wäsche, putzte die Wohnung, kochte, ging einkaufen, ich wollte schließlich, dass wir miteinander auskamen. Aber Jascha rührte wirklich keinen Finger. Er sah es gar nicht ein, irgendetwas im Haushalt zu tun.

Als ich an einem Samstagabend um 22:00 Uhr nach Hause kam, lief die Spüle über und Jascha sagte: »Mensch, hier sieht es echt scheiße aus. Du solltest endlich das Geschirr spülen und die Wohnung putzen.« Während er das sagte, säuberte er eine dreckige Tasse unter laufendem Wasser, damit er sie wieder benutzen konnte.

Ich glich einem ausbrechenden Vulkan. Ich schrie, tobte und ich machte Jascha Vorhaltungen wie noch nie zuvor.

Zunächst sah er mich irritiert an, denn er war sich keiner Schuld bewusst. Er hatte nur das getan, was er immer gemacht hatte. Nichts. Nach einer Stunde zäher Diskussion ging Jascha zum Waschbecken, krempelte die Ärmel hoch und ließ Wasser einlaufen. Er spülte, ich trocknete ab. Na, geht doch, dachte ich.

Wir hatten es nicht leicht miteinander. Bei uns trafen zwei Gegenpole aufeinander. Bei mir als Perfektionistin und Kontroll-Freak musste immer alles richtig sein, ich konnte unmöglich Fünfe gerade sein lassen. Jascha hatte damit null Probleme. Aber trotz dieser Differenzen, die wir manchmal miteinander ausfochten, war ich sehr glücklich mit ihm. Langsam gewöhnte er sich ans Arbeiten. In seiner Freizeit las er sehr viel und malte. Schon in Mainz hatte er manchmal gemalt, während ich mich auf meine Klausuren vorbereiten musste. Seine Bilder waren entweder sehr krass, erinnerten irgendwie an *Hieronymus Bosch,* seinen Lieblingsmaler, oder sie waren sehr romantisch, mit rotglühendem Sonnenuntergang. Ich liebte seine Bilder.

Manchmal fühlte ich mich sehr unsicher, ängstlich. Fremde Menschen machten mir immer noch Angst. Ich liebte die Arbeit mit den Jugendlichen; es war mein Traumjob. Aber trotzdem strengte mich alles sehr an und kostete mich eine Menge Energie.

An manchen Tagen war mir die Verantwortung, die ich für die mir anvertrauten Jugendlichen trug, zu groß, wie ein zu weites Kleidungsstück, in das ich erst noch hineinwachsen musste. Und immer noch kamen ab und zu die alten Gefühle hoch, ich musste weinen und wusste nicht, warum. Jascha tröstete mich dann. Er sagte: »Das ist ganz normal. Du hast so viele Jahre alle Gefühle im Alkohol und den Tabletten ertränkt.« Aber ich verstand nicht, dass mir dieses nüchterne Leben oft noch so schwerfiel und dass ich mir dieses Gefühl von Sicherheit täglich neu erkämpfen musste.

Wenn meine Aggressionen hochkamen, war ich oft ungerecht zu Jascha. Er gab sich Mühe; ich wusste das. Jedoch, wenn ich schlecht drauf war, dann war mir das zu wenig. Auch mit meiner Nüchternheit hatte ich nach wie vor Probleme. Beim Sektempfang zu Neujahr, bei der Einführung des neuen Heimleiters, bei der Geburtstagsfeier der Gruppenleiterin, immer war ich die Einzige, die keinen Alkohol trank. Und wie sehr mich diese Fragen dann nervten: »Warum trinkst du denn keinen Sekt?« »Der schmeckt doch gut. Warum probierst du nicht wenigstens mal?« »Ein Gläschen kannst du doch trinken.« »Los, sei kein Frosch und trink!« »Sei doch kein Spielverderber.« »Von einem Glas wirst du nicht betrunken. Hast du Angst davor? Es wird dir schmecken.« »Hier, probier schon!« Ich hatte es gründlich satt, mich immer wieder rechtfertigen zu müssen, warum ich keinen Alkohol trank. Am liebsten hätte ich ihnen entgegengeschrien: »Ich trinke keinen Alkohol, weil ich Alkoholikerin bin.« Aber das blieb mein kleines Geheimnis.

Jascha war in vielem anders. Er war an allem interessiert. Neuem stand er immer erst einmal positiv gegenüber, auch den Menschen. Fremde Menschen empfand Jascha eher als Herausforderung, als dass sie ihm Angst einflößten.

Aber manchmal lag er im Bett und schüttelte wild seinen Kopf, mit aller Kraft versuchte er, die wiedererwachenden Dämonen zu verscheuchen. Denn immer wieder packte ihn die Gier nach Betäubung, diese Lust auf den Kick, die Sehnsucht nach Rausch. Dieses starke Verlangen nach Heroin wollte Jascha aus seinem Kopf herausschütteln. Ich nahm ihn in die Arme und tröstete ihn. Immer wieder sagte ich zu ihm: »Es ist nur ein kleiner Affe, der sich im Dschungel von Baum zu Baum hangelt. Er hat sich verlaufen, er kehrt bald wieder um. Jascha, diese Drogengeilheit vergeht wieder.« Ich wusste ein gutes Mittel, um ihn abzulenken.

Jascha war oft sehr ernst. Seine Gesichtszüge entspannten sich nie wirklich, außer wir vögelten miteinander. Sex machte Jascha Spaß, darin war er gut, verdammt gut, dabei konnte er sich richtig gehen lassen, dann war er völlig entspannt.

Ab und zu besuchten wir übers Wochenende meine Eltern. Zwischen meinen Eltern und Jascha bestand eine Art Waffenstillstand, genau derselbe, der auch bei mir und meinen Eltern herrschte. Jascha fühlte sich noch immer nicht von meinen Eltern akzeptiert. Ich sagte ihm: »Wie sollen sie dich vorurteilsfrei behandeln, wenn sie selbst mit mir derart große Schwierigkeiten haben?« Aber immerhin gaben sie sich Mühe.

Auch Jaschas Mutter statteten wir an diesen Wochenenden einen Besuch ab. Wir luden sie auch immer wieder ein, uns im Taunus zu besuchen. Ich schlug vor, dass meine Eltern sie mitnehmen könnten, wenn sie das nächste Mal zu uns fuhren. Aber Jaschas Mutter lehnte ab.

Ich versuchte meinen Freund davon zu überzeugen, nicht nur seine Mutter, sondern auch seine Brüder zu uns einzuladen. Hiervor hatte Jascha Angst. Alles, was ihn an sein früheres Leben erinnerte, wollte er am liebsten völlig meiden. Ich argumentierte: »Du hast jetzt eine Arbeit, nimmst keine Drogen, wo ist das Problem? Lass sie doch sehen, dass du nicht mehr Jacko, der Junkie, bist.«

Er sei noch nicht so weit, beschied Jascha jedes Mal. Später, irgendwann später, würde er sie alle einladen.

An einem Samstagmittag kam ich nach drei Tagen ununterbrochenem Schichtdienst nach Hause. Inzwischen arbeitete ich – wie alle Erzieherinnen – nicht mehr nur im Tagdienst, sondern eigenverantwortlich im Schichtdienst. Ich hatte es selbst entscheiden dürfen, und natürlich hatte ich mich dafür entschieden, weil ich, wie alle anderen, die volle Verantwortung für die Jugendlichen übernehmen wollte. Ich hatte jetzt – neben dem Tagdienst – abwechselnd mehrere Tage Schichtdienst, das hieß, dass ich auch im Heim schlafen musste.

Am Tag zuvor hatte es im Kinderheim eine Menge Ärger gegeben, weil eine Jugendliche aus meiner Gruppe im Unterricht ihrer Sportlehrerin eine saftige Ohrfeige verpasst hatte.

Ich betrat unseren Hausflur, in dem sich die Mittagsessensgerüche der Nachbarn vermischten, Linsensuppe und Zwetschgenkuchen stachen besonders hervor. Der große Hunger in meinem Magen, aber vor allem mein großer Hunger auf ein ganz normales Leben wurde mir bewusst. Die Sehnsucht nach einem Leben, in dem diese Gerüche aus unserer Wohnung kämen.

Jascha öffnete mir mit einem strahlenden Lächeln die Tür. Dieses Strahlen war keine Selbstverständlichkeit. Als ich in unserer großen Wohnküche stand, drang der starke Geruch von Linsensuppe zu mir durch. Der Tisch war schon gedeckt.

»Es gibt Linsensuppe mit Würstchen, du hast bestimmt großen Hunger«, sagte Jascha.

»Du hast gekocht?«

Es war das erste Mal, dass Jascha eine vollständige Mahlzeit zubereitet hatte. Ich küsste ihn überglücklich. Es schmeckte herrlich!

Nach dem Essen drehte sich mein Traummann andachtsvoll eine Zigarette und sah mich mit einem verschmitzten Lächeln stolz an.

»Die größte Überraschung kommt noch«, gab er preis.

»Wie, die größte Überraschung? Noch eine Überraschung?«

Jascha ging ins Schlafzimmer und kam mit einem Blech frisch gebackenen Zwetschgenkuchen zurück.

Ungläubig fragte ich: »Den hast du gebacken?«

Später bemerkte ich die Hefe im Kühlschrank. Jascha hatte Hefekuchen ohne Hefe gebacken. Der Kuchen war steinhart geworden, aber wir aßen ihn bis auf den letzten Krümel auf. Er schmeckte wunderbar. Noch niemals hatte ich einen köstlicheren Kuchen gegessen. Und noch niemals zuvor in meinem Leben war ich glücklicher gewesen.

An den Wochenenden, an denen auch ich frei hatte, streiften Jascha und ich in den Feldern umher, gingen im Wald spazieren, redeten und redeten. Stundenlang konnten wir miteinander erzählen, uns ging niemals der Gesprächsstoff aus. Wir berichteten uns Erlebnisse aus unserer Kindheit oder aus unserer Suchtzeit. Oft philosophierten wir über das Leben, den Tod oder das Glück.

Im Winter wies mich Jascha auf einen Zitronenfalter hin, der an einem dicken Grashalm in Bodennähe in seiner Körperstarre überwinterte. Zu Beginn unserer ersten Beziehung hatte er mir versprochen, mir später einmal einen Zitronenfalter in der Winterstarre zu zeigen.

»Sieh mal, wie exakt die Rückseite seiner Flügel die Maserung der Blätter imitiert. Weißt du, wieso Zitronenfalter der Kälte trotzen können?«

Ich schüttelte den Kopf.

»Sie besitzen eine Art Frostschutzmittel aus Wasser, Eiweißen und Salzen«, erklärte Jascha.

»Von dir kann ich immer wieder etwas Neues lernen«, stellte ich fest und küsste ihn stürmisch.

Die nicht beschilderten Wegabzweigungen im Wald markierten wir, indem wir den Bäumen indianische Namen gaben: die knochige Eiche mit dem grimmigen Blick oder die lächelnde Birke, die fröhlich ihre Arme ausstreckt. Im Feld beobachteten wir das Getreide, wie es von Mal zu Mal mehr in die Höhe schoss. Und manchmal pflückte Jascha am Wegesrand eine Blume für mich. Ich fühlte mich in diesen Stunden einfach nur glücklich, zum Zerspringen glücklich. Mehr Glück war unmöglich.

An einem Sonntag gingen wir stundenlang im Wald spazieren. Wir diskutierten sehr engagiert darüber, ob wir Menschen nach dem Tod wiedergeboren werden.

»Mit Sicherheit werden wir wiedergeboren. Es muss ja nicht unbedingt als Mensch sein, vielleicht als Tier oder Pflanze.«

»Und was ist mit der Seele?«, hakte Jascha nach.

»Es könnte sein, dass sich die Seele oder Energie – wie auch immer du das nennen willst – der einzelnen Menschen mit der restlichen Energie aller toten Lebewesen vereinigt. Daraus werden die Seelen oder die Energie für alle neuen Lebewesen wieder und wieder verteilt.«

»Vielleicht ist es aber auch nur die Energie eines einzigen Lebewesens«, gab Jascha zu bedenken. »Sie wird quasi wieder aufgefüllt, bevor ein neues Lebewesen, ein Mensch, ein Tier oder eine Pflanze entsteht.«

»Du meinst, wir werden neu aufgeladen und ab geht's ins nächste Leben? Möglich, ja.«

»Ich bin sicher«, sagte Jascha, »wir beide werden auch in unserem nächsten Leben zueinanderfinden. Allerdings werden wir dann bestimmt nicht als Menschen auf die Welt kommen. Ich glaube, wir werden Vögel sein.«

»Vögel? Welche Vögel werden wir sein, was glaubst du?«

»Möwen. Ich glaube, wir werden als Möwen geboren.«

»Möwen? Das wäre schön. Dann leben wir aber irgendwo an einer schönen Küste.«

»Abgemacht«, stimmte mir Jascha zu.

Inzwischen hatte ich mich mit Martha, einer Erzieherin aus meiner Gruppe, angefreundet. Sie besuchte uns öfter zu Hause. Und sie wusste über Jaschas und meine Vergangenheit Bescheid, genauso wie zwei frühere Klassenkameradinnen aus der Erzieherausbildung, wir trafen uns jeden Monat und schrieben uns oft. Jascha war bei allen meinen Freundinnen sehr beliebt. Und auch er hatte sich mit mehreren Arbeitskollegen angefreundet. Auch sie kamen regelmäßig zu uns nach Hause zu Besuch. Mit einem Kollegen besuchte Jascha politische Veranstaltungen. Er las jetzt immer häufiger nicht nur Romane, sondern auch Bücher über die Weltpolitik und Umweltschutz. Er fraß die dicksten Wälzer nur so weg. Ich probierte es auch, aber nach fünfzig Seiten wurde es mir langweilig und ich gab auf. Ich las meist nur Romane.

Beim Sperrmüll fanden wir den Unterschrank eines Küchenbuffets. Er war alt, aber nicht antik, die weiße Farbe war an zahlreichen Stellen abgeblättert.

Jascha war sofort begeistert. »Den nehmen wir mit.«

Ich fragte ihn entsetzt, was er mit diesem hässlichen Monstrum wolle.

»Ablaugen. Das Restaurieren von Schränken habe ich in der Therapie gelernt.«

Wir schleppten den Schrank nach Hause. Am nächsten Tag wollte Jascha erneut nach Sperrmüll gucken. Und er gab keine Ruhe, bis wir einen Schrankaufsatz fanden. Ich konnte nicht glauben, dass der Buffetaufsatz tatsächlich auf den Unterschrank passen würde. Aber Jascha war sich sicher. Also schleppten wir auch dieses Ungetüm nach Hause und deponierten es im Keller. Zwei Tage später begann Jascha damit, die Schränke aufzuarbeiten. Und ab sofort hatte er ein neues Hobby. Aus den beiden Teilen zauberte er uns einen wunderschönen Küchenschrank.

Wir schliefen sehr oft miteinander. Einmal fragte ich Jascha, nachdem wir zum dritten Mal miteinander geschlafen hatten: »Wieso bist du eigentlich derart unersättlich?«

Jascha grinste mich spöttisch an. »Weißt du Hannah, ich bin ein Junkie. Junkies missbrauchen alles als Droge, was sich als Droge missbrauchen lässt: Kaffee, Zigaretten, Arbeit und Sex. Tja, Sex ist eine herrliche Droge. Man bekommt einen Kick, kann das Suchtmittel variieren, die Dosis steigern und das alles ganz ohne Nebenwirkungen.«

»Na ja, manchmal treten schon Nebenwirkungen auf, allerdings mit einer zeitlichen Verzögerung von einigen Monaten«, sagte ich ironisch.

»Ich hoffe doch, du nimmst die Pille.«

Jascha sah mich eine Zeit nachdenklich an, dann wollte er wissen: »Liebst du mich, weil ich dich gut bumse?«

»Klar, das ist der einzige Grund, sonst fällt mir keiner ein.«

Jaschas Blick verfinsterte sich. Ich musste lachen.

»Hannah, du lügst.«

»Na gut, vielleicht gibt es da noch den einen oder anderen Grund.«

Jascha wollte, dass ich ihm alle Gründe aufzählte.

»Ich liebe dich, weil du immer für mich da bist, wenn ich dich brauche. Ich liebe dich, weil ich mit dir über alles reden kann. Ich liebe dich, weil du mich immer verstehst. Ich liebe dich, weil du keine Drogen mehr nimmst. Ich liebe dich, weil du wegen mir niemals Alkohol trinkst. Ich liebe so vieles an dir, wie soll ich dir das alles aufzählen?«

»Komm Hannah, zähl es auf, ich will es wissen.«

»Ich liebe deine Intelligenz. Du weißt so viele Dinge, von denen ich nicht die geringste Ahnung habe.«

»Intelligenz, ich habe keine Intelligenz«, protestierte Jascha, »ich bin dumm.«

»So ein Quatsch! Glaubst du, nur weil du keinen Schulabschluss und keine Berufsausbildung hast, wärst du weniger schlau als andere? Lass dir das von niemandem einreden, auch nicht von dir selbst.«

»Ich liebe auch deinen Mut«, sagte ich jetzt.

Jascha schüttelte seinen Kopf. »Ich weiß nicht, ob ich mutig bin.«

»O doch, das bist du. Ich finde es überaus mutig ohne Drogen zu leben.«

»Da sind wir wohl beide sehr mutig.«

»Aber du bist auch sonst sehr mutig. Weißt du noch in Mainz, als wir in dieser heißen Sommernacht gegen zwei Uhr nachts nach Hause gelaufen sind? Da war dieser Mann, der eine Frau auf offener Straße schlug. Du hast zu mir gesagt, ich soll auf jeden Fall auf dieser Seite der Straße stehen bleiben, ganz egal, was passieren wird. Dann bist du zu den beiden gegangen und hast zu dem Mann gesagt: ›Lassen Sie diese Frau in Frieden. Hat Ihnen niemand beigebracht, dass man keine Frauen schlägt? Diese Frau ist von ihren Muskeln her viel schwächer als Sie; im Gegensatz zu Ihrem Verstand allerdings.‹ Er blaffte dich an: ›Hau ab, ich hab nichts mit dir.‹ ›Aber ich mit dir‹, sagtest du.

›Wenn du jemanden schlagen willst, dann schlag mich, es wäre mir ein Vergnügen.‹ Während du dies sagtest, hast du deine Ärmel hochgekrempelt und wiederholtest: ›Komm schlag mich. Es wäre mir ein sehr großes Vergnügen.‹ Weißt du eigentlich, dass ich eine verdammte Angst hatte? Der Typ war mindestens zwei Köpfe größer als du und viel stärker gebaut. Er hat dich abgeschätzt und ich bin mir sicher, er dachte, wenn du so eine große Klappe riskierst, für eine dir unbekannte Frau, dann beherrschst du bestimmt einen Kampfsport. Er sagte sauer: ›Hau ab, Arschloch.‹ Du sagtest zu der Frau: ›Gehen Sie nach Hause, dieser Mann hat Sie nicht verdient.‹ Sie ist dann tatsächlich gegangen, der Schläger hat sich maulend in die andere Richtung verzogen. Das war wirklich mutig von dir. Ich war sehr stolz auf dich.«

Jascha lacht und küsst mich.

»Liebst du noch etwas an mir?«

»Ich liebe dein Gesicht. Ich liebe deine rehbraunen Augen mit diesem sehnsüchtigen Blick, deine glänzende Nase, deine sinnlichen Lippen.« Jetzt küsste ich ihn, entwand mich seiner Umarmung und sprach weiter. »Ich liebe deine süßen kleinen Ohren, jede Falte und Furche in deinem Gesicht, auch diese Sorgenfalte, dieses nach unten offene Dreieck, zwischen deinen Augenbrauen, deine langen wilden Haare. Ich liebe deine langen, schlanken Hände, deinen schlanken heißen Körper.« Dabei fuhr ich mit meinem Zeigefinger der rechten Hand seine Körpermitte entlang. »Deine Blinddarmnarbe und deinen Bauchnabel liebe ich auch, genauso gerne habe ich deine großen Füße. Ja, natürlich, ich liebe deinen Schwanz. Darauf hast du gewartet, gib's zu! Ich liebe es, wie du mit mir schläfst und auch, wie du mich dabei ansiehst. Ich liebe es, wie du mich berührst, wie du mich küsst, wie du lachst. Ich liebe deine Stimme, deinen Geruch.« Jetzt schnüffelte ich ihn von oben bis unten interessiert ab, als wäre ich ein junger Hund.

Genau in dieser Sekunde wollte ich die Zeit für immer anhalten, auf Standbild drücken. Denn ich fühlte, dass dieser Augenblick Teil meiner Vergangenheit werden würde. Ich wusste, dass ich immer an diesen Augenblick denken werde.

»Ich liebe es, wie du mit deinem rechten Zeigefinger gedankenverloren Locken in deine Haare zwirbelst, wie du mit deiner flachen Hand deine Haare nach hinten streichst, wie du dir eine Zigarette drehst, wie du die dünne Zigarette zwischen Daumen und Zeigefinger hältst, als wäre sie ein Joint. Ich liebe den Geruch deines Tabaks. Sogar wie du mit den Fingern knackst, liebe ich. Ich liebe einfach alles an dir. Ich glaube, ich könnte dir ohne Probleme noch stundenlang aufzählen, was ich alles an dir liebe. Weißt du, ich glaube nicht, dass ich dich erst ab dem Augenblick geliebt habe, als ich dich zum ersten Mal sah. Ich habe vielmehr mein ganzes Leben damit zugebracht, auf dich zu warten, um dich endlich lieben zu können.«

»Wow, du liebst mich wirklich, Hannah. Ich glaube, mich hat noch niemals eine Frau so sehr geliebt, wie du es tust.«

»Das wäre schön. Ich möchte gerne die Frau sein, die dich am meisten liebt und jemals geliebt hat.«

Und in Gedanken fügte ich hinzu: Auch ich möchte gern, dass du der Mann bist, der mich am meisten liebt. Aber ich wagte nicht, Jascha die Frage zu stellen, ob er mich liebt oder was er an mir liebt, denn ich hatte Angst vor seiner Antwort. Ich war nicht sicher, ob ich sie hätte ertragen können. Denn schon einmal hatte er gesagt: Ich weiß nicht, was Liebe ist. Aber doch war ich mir sicher, dass er mich liebte, auf seine Weise, vielleicht sogar ohne, dass er selbst wusste, wie sehr er mich liebte. Ja, vielleicht war es bei ihm mit der Liebe wie bei den meisten Menschen mit der Gesundheit. Solange man sie besitzt, beachtet man sie nicht und macht sich keinerlei Gedanken über sie, erst dann, wenn sie einem abhandengekommen ist, beginnt man zu ermessen, was man verloren hat.

An einem Abend kam Jascha mit stolzgeschwellter Brust nach Hause, nachdem er sich bei seinem Arbeitgeber hatte melden müssen. Er hatte sich gefragt, ob die Zeitarbeitsfirma etwas an seiner Tätigkeit auszusetzen hätte. In den letzten sechs Monaten hatte er keinen einzigen Tag gefehlt, weder war er krank gewesen, noch hatte er blau gemacht, ganz im Gegenteil, immer wieder war er auch zu Überstunden bereit gewesen. Daher wurde jetzt sein Lohn erhöht und außerdem bekam er eine einmalige Gratifikation. Die Firma war mit seiner Arbeit mehr als zufrieden.

Seit über einem halben Jahr arbeitete Jascha jetzt bei einem großen Gartengerätehersteller. Im Ort hatte der Betrieb noch eine Tochterfirma. Da Jascha bei einer Leihfirma tätig war, musste er eigentlich die Firma alle sechs Wochen wechseln. Der Wechsel geschah aber lediglich auf dem Papier. Tatsächlich war mein Freund ausschließlich bei dem Gartengerätehersteller tätig. Er bekam dort einen satten Personalrabatt und als meine Eltern dies hörten, bestellten sie gleich einen neuen Rasenmäher und einen Rasentrimmer über Jascha.

Inzwischen hatten wir beide in unserem Zusammenleben Routine entwickelt. An das Arbeiten hatte Jascha sich gewöhnt und auch im Haushalt half er mit. Wenn ich am Wochenende Dienst hatte, kochte Jascha regelmäßig und auch um den Einkauf musste ich mich dann nicht kümmern. Ich konnte inzwischen über Dinge hinwegsehen und war nicht mehr so pedantisch.

Immer wieder ertappte ich mich dabei, dass ich in der letzten Zeit ein zufriedenes Lächeln auf meinen Lippen trug. Und auch Jascha konnte immer öfter lachen. Die Dämonen der Vergangenheit schienen weit weg zu sein. Jascha sagte jetzt Dinge wie: »Hannah, ich bin so froh, mit dir zu leben.« Oder: »Es ist schön, dass es dich gibt.« Ich dachte, wir beide haben uns in unserem alltäglichen Glück eingerichtet.

Einige Tage vor meinem Geburtstag sagte Jascha: »Ich muss noch kurz weg, um dir etwas Schönes zum Geburtstag zu kaufen. Aber ich weiß schon, was ich dir schenke.«

»Was ist es denn?«, wollte ich neugierig wissen.

»Es ist eine Überraschung«, sagte Jascha geheimnisvoll.

Am Sonntagmorgen gab Jascha mir einen Kuss und wünschte mir alles Gute zum Geburtstag.

Ich kochte Kaffee und wir frühstückten ausgiebig. Ich wartete auf mein Geschenk.

Aber irgendwann wollte ich nicht mehr länger warten. »Wo ist denn die Überraschung?«

»Welche Überraschung?«, fragte Jascha irritiert.

»Na, du weißt schon«, sagte ich lachend.

»Ach die, die habe ich vergessen.«

Ich lachte und sagte: »Ach, die hast du vergessen?« Ich dachte immer noch, er macht einen Scherz, deshalb sagte ich: »Ich glaube dir nicht.«

»Hannah, ich habe kein Geschenk für dich. Ich habe es vergessen.«

Inzwischen schwankte ich, war mir nicht mehr ganz sicher, konnte jedoch nicht glauben, dass Jascha kein Geschenk für mich hatte. Er war doch vor drei Tagen extra deswegen in die Stadt gegangen, und er hatte gesagt, er wisse schon, was er mir schenken wolle.

Und dann warf mir Jascha noch einmal zornig die Sätze vor die Füße: »Ich habe dein Geschenk vergessen. Es gibt keine Überraschung.«

Ein riesiges Geschenk hatte ich nicht von Jascha erwartet, nur eine kleine Anerkennung. Ein Buch, eine Tafel Schokolade, einen Blumenstrauß, eine einzelne Blume, ein von ihm gemaltes Bild, über alles von ihm hätte ich mich gefreut, über jede Kleinigkeit.

»Ich habe dich enttäuscht.« Jascha sank in sich zusammen.

Schnell beeilte ich mich, zu sagen: »Ich brauche doch kein Geschenk, ich habe ja dich.«

Ich ging auf ihn zu und umarmte ihn. Er war traurig. Es war meine Schuld, weil ich enttäuscht war. Ich musste dankbar sein, ihn zu haben.

Später erinnerte ich mich daran, dass Jascha auch an Weihnachten, als er kein Geschenk für mich hatte, sagte: »Aber an deinem Geburtstag bekommst du etwas ganz Tolles.«

Wieso machte Jascha solche falschen Versprechungen? Ich dachte, vielleicht war er einfach überfordert, mir ein Geschenk zu kaufen. Im Jahr davor hatte er mir einen silbernen Armreif geschenkt. Wie sollte er dieses wunderbare Geschenk noch übertreffen? Aber ich hätte mich doch über jede Kleinigkeit von ihm gefreut. Manchmal konnte ich ihn nicht verstehen. Wenn ich ehrlich zu mir selbst war, blitzte für einen kurzen Augenblick ein Gedanke auf, den ich sofort wieder verscheuchte: Hatte Jascha das Geld für etwas anderes ausgegeben?

4. Seine Geliebte

Kein einziges verräterisches Detail hätte ich benennen können. Und doch war ich felsenfest davon überzeugt. Er war wieder bei ihr, nicht heute, aber vielleicht gestern oder vorgestern. Deshalb waren die Spuren schon etwas verwaschen, wie die Abgrenzungen auf einem Nass-in-Nass-Bild, trotz der Verschmelzungen bleiben die Konturen mit dem inneren Auge sichtbar.

Einen Augenblick war ich fast der Versuchung erlegen, nach Beweisen zu suchen, die meinen Verdacht unwiderruflich zur Gewissheit hätten werden lassen. Aber schnell gewann meine Vernunft wieder die Oberhand, ich würde ihm nicht nachschnüffeln. Bis jetzt war da ja nur dieses unfassbare Gefühl.

Fast hatte ich diese aufkeimenden Zweifel schon wieder vergessen, als ich vier Wochen später, einen Tag früher, als geplant nach Hause kam. Eigentlich hätte meine Kollegin noch einen Tag Urlaub gehabt, aber sie hatte ihre Pläne geändert, deshalb löste sie mich einen Tag früher im Jugendheim ab. Ich hatte drei Tage und drei Nächte durchgehend im Schichtdienst gearbeitet und war froh, endlich nach Hause zu Jascha zu kommen. Ich freute mich auf die Überraschung und überlegte mir, ob wir heute Abend Pizza essen gehen sollten oder lieber ins Kino. Vielleicht sollten wir besser den Abend im Bett verbringen, ich hatte große Lust, mit meinem Freund zu schlafen, wenn ich dran dachte, wurde ich schon ganz feucht.

Ich läutete, aber niemand öffnete, unsere Wohnung war leer. Warum hatte ich ihn nicht angerufen? Vielleicht war er bei ihr. Ich versuchte, mich selbst zu beruhigen, er wusste doch nicht, dass ich einen Tag früher nach Hause kommen würde, bestimmt traf er sich nur mit einem Freund.

Ich kochte mir eine Kanne Jasmintee und setzte mich in den weiß gestrichenen aus Rattan geflochtenen Schaukelstuhl. Ich war fest entschlossen, es mir gemütlich zu machen. Diesen geschenkten Abend wollte ich genießen. Zur Entspannung las ich in einem Gedichtband japanische Haiku. Jedoch gelang mir das Wohlfühlen nicht, nach jedem Haiku, hatte ich den soeben Gelesenen sofort wieder vergessen. Die Angst kroch an mir hoch, völlig grundlos nistete sie sich in jeder einzelnen Zelle meines Körpers ein. Ich sagte mir: Es gibt keinen realen Grund dafür. Alles ist nur eine Annahme, ein wie aus Bösartigkeit gestreutes Gerücht.

Doch von Stunde zu Stunde wurde die Panik, die sich meiner bemächtigte, größer. Sie breitete sich in mir aus wie eine schwere Grippe: Erst hatte ich nur ein leichtes Kratzen im Hals, dann lief meine Nase, meine Augen tränten, ich begann zu husten und plötzlich kam das hohe Fieber mit seinen Halluzinationen. Um Mitternacht war ich nur noch ein Bündel Angst. Immer wieder versuchte ich, mich zu beruhigen: Bestimmt war Jascha nur mit einem Freund unterwegs. Aber in meinem Kopf spielte sich ein anderer Film ab. Es nützte auch nichts, die Augen zu schließen, ich sah all die Bilder trotzdem, meinem Kopfkino konnte ich unmöglich entkommen. Und da war diese Vorahnung. Ich wusste, er würde nur noch sie lieben, sie würde alle seine Sinne beanspruchen. Jascha wird diese Liebe zu ihr zelebrieren, bis ich freiwillig aufgeben werde.

Trotz meiner Unruhe legte ich mich irgendwann ins Bett, löschte aber erst das Licht, als ich eine halbe Stunde später hörte, dass Jascha den Schlüssel ins Türschloss steckte. Genau drei Minuten bezwang ich meine Ungeduld, dann hielt ich es nicht mehr aus. Ich musste es wissen.

Jascha saß im Wohnzimmersessel und sah mich mit großen, erstaunten Augen an, als wäre ich ein Geist: »Woher kommst du denn?«

»Ist das nicht toll? Ich konnte einen Tag früher meinen Schichtdienst beenden«, sagte ich betont fröhlich, während ich ihn stürmisch begrüßte.

Aber ich sah es sofort. Er war bei ihr gewesen. Jetzt brauchte ich keine Beweise mehr, es war offensichtlich. Müde zog er an seiner Zigarette. Fast war ich mir sicher, dass er wusste, dass ich es wusste.

Die halb gerauchte Zigarette drückte er heftig im Aschenbecher aus. Wenn ich nicht ins Wohnzimmer gekommen wäre, dann hätte sich die Zigarette alleine geraucht, da er mit seinen Gedanken ganz bei ihr gewesen wäre.

Er kratzte sich unbewusst im Gesicht und sagte: »Komm, lass uns schlafen gehen, ich bin müde.«

Am nächsten Morgen wollte Jascha freiwillig den Einkauf fürs Wochenende besorgen. Auf keinen Fall wollte ich ihn alleine losziehen lassen, daher bestand ich darauf, dass wir heute zusammen einkaufen gingen.

Auf dem Markt in der Innenstadt bezahlte er Obst und Gemüse mit einem Geldschein, der in einer bestimmten Art gefaltet war. Ich starrte auf den Zwanziger. Er bemerkte meinen entsetzten Blick und sagte lachend: »Es ist nicht so, wie es aussieht; es ist reiner Zufall.«

Als wir beim Bäcker in der Schlange standen, stellte Jascha fest: »Da draußen ist Kira, ich gehe sie nur schnell begrüßen.«

Es wäre kindisch gewesen, ihm hinterherzurennen, also blieb ich in der Schlange stehen. Ich spürte meinen immer schneller werdenden Herzschlag, während ich die beiden durch das Schaufenster beobachtete. Sie rauchten und unterhielten sich sehr angeregt. Ich hasste Kira und wusste, warum ich es tat. Auch Jascha wusste, dass ich seine Kollegin hasste und warum. Natürlich stritt er alles ab, aber ich wusste genau, dass es stimmte.

»Wir gehen noch zu Kira, einen Kaffee trinken.«

Ich hatte keine Lust, Kira einen Besuch abzustatten, viel lieber hätte ich ihr die Augen ausgekratzt, aber ich wollte meinen Freund keinesfalls alleine zu ihr gehen lassen, also trottete ich sauer neben den beiden her.

Ich beschloss, Jascha dort keinen einzigen Augenblick aus den Augen zu lassen, ich würde ihn hüten, als wäre er ein kleines, schwerkrankes Kind. Dann ging er zur Toilette, leider war er kein Kind mehr, ich konnte ihn also unmöglich begleiten.

Längst war mir diese Angst wieder ins Gesicht gesprungen. Ich würde ihn an sie verlieren. Es war nur eine Frage der Zeit, wann dieser ganze Wahnsinn wieder von vorn beginnen würde. Sie würde ihn an sich fesseln und nicht mehr loslassen. Ich würde den Kürzeren ziehen. Die Liebe, die er für sie empfand, war um ein Vielfaches stärker als das Gefühl mir gegenüber. Was hatte ich ihr schon entgegenzusetzen? Wie könnte ich jemals mit ihr in Konkurrenz treten? Irgendwann würde er sich ganz für sie entscheiden und nur noch ihr gehören. Ich wusste: Ich werde allein zurückbleiben, mit meinen vielen Tränen und mit meiner dann völlig überflüssigen Liebe. Meine Eifersucht auf sie machte mich rasend. Er war ihr hörig, schon jetzt.

So viele Monate hatte sie die Herrschaft über ihn verloren, aber jetzt war sie dabei, ihre Macht Stück für Stück zurückzuerobern. Ich war mir sicher: Er wird nicht die Kraft aufbringen, sich nochmals von ihr zu trennen. Sie wird mit ihm machen können, was sie will, sie wird ihn dirigieren, schikanieren, sie wird ihn völlig von sich abhängig machen, so sehr, dass er keinen eigenen Willen mehr haben wird. Sein Leben wird sich nur noch um sie drehen, nichts sonst wird mehr zählen, nichts neben ihr bestehen können. Aber er wird verbrennen, verbrennen, wie eine Motte im hellen Feuerschein der Kerze.

Ich sagte mir: Ich werde kämpfen. Mit all meiner Kraft werde ich um Jascha kämpfen.

Wir saßen in unserer Wohnküche. Immer wieder läutete das Telefon und mein Freund flüsterte jedes Mal, ich hörte leise eine Frauenstimme aus dem Hörer, es war Kira. Ich sprach ihn darauf an und Jascha behauptete, es wäre Toni, flüstern würde er nur, weil er mich nicht beim Lesen stören wollte.

Es war eine Ausrede; es mussten Absprachen getroffen werden, die ich nicht mitbekommen sollte.

Ich wollte es nicht, aber schon sprudelte alles aus mir heraus.

»Wie kannst du mir nur so etwas unterstellen?« Er stritt alles ab. Natürlich! Das tat er immer. »Du treibst mich regelrecht dorthin, mit deinen falschen Verdächtigungen. Du bist ja völlig hysterisch.«

Schon bekam ich ein schlechtes Gewissen. Vielleicht bildete ich mir tatsächlich alles nur ein. Und was, wenn er gar nicht bei ihr gewesen war? Aber ich wusste, dass mich mein Gefühl unmöglich trog. Er stritt immer alles ab, so lange, bis ich ihn auf frischer Tat ertappte.

Eine Woche später klingelte es sonntagmorgens sehr früh an unserer Haustür. Zu meiner Überraschung sprang

Jascha ziemlich schnell aus dem Bett und öffnete. Von einer Sekunde auf die nächste war ich hellwach und mit einem Satz aus dem Bett. Ich öffnete die Wohnungstür, der Flur war leer.

Er kam von draußen rein und ich wollte wissen: »Wer war das denn so früh?«

»Ach, da hat nur jemand falsch geklingelt.«

Es war Kira. Natürlich!

Jascha zog sich eilig an und sagte: »Ich gehe nur kurz in den Keller, und bereite etwas vor, ich möchte nachher noch den kleinen Schuhschrank ablaugen.«

Ich saß auf unserem Bett und hätte schreien können. So satt hatte ich diese Heimlichtuerei. Ich musste ihn in flagranti erwischen, nur dann gab er es zu. Er würde mich verfluchen. Ich wartete eine kurze Zeit, ich wusste genau, wie lange er brauchte. Schnell zog ich mir Strümpfe an und ging leise die Kellertreppe hinab, meine Hausschuhe hielt ich in der rechten Hand. Dann stand ich vor unserer Kellertür und atmete tief durch. Genau jetzt müsste er so weit sein. Ich stieß die Tür mit voller Wucht auf, sie war nur angelehnt gewesen und knallte mit tosendem Karacho an die Wand. Aufgeschreckt von dem Krach, hatte Jascha daneben gespritzt. Jetzt verfluchte er mich mit allen gemeinen Ausdrücken, die ihm einfielen.

Ich fröstelte in meinem Schlafanzug und spürte die steinige Kälte des Kellerfußbodens unter meinen fast nackten Füßen. All seine wüsten Beschimpfungen prallten an mir ab, ich blieb ganz ruhig und sagte nur: »Wieso ist es so schlimm, wenn ich die Kellertür aufreiße, du tust es doch nicht. Weißt du, was ich am meisten daran hasse, es sind deine Lügen und diese Heimlichkeiten, wenn du wenigstens dazu stehen würdest.«

Ich ging nach oben, schlug die Haustür hinter mir zu, warf mich im Schlafzimmer quer über unser Bett und weinte. Jascha kam, legte sich neben mich und versuchte, mich zu beruhigen, indem er mir immer wieder sanft mit einer Hand über den Kopf strich. Dann umarmte er mich und wischte mir mit seinem Handrücken die Tränen aus meinem Gesicht.

»Es tut mir so leid, Hannah. Ehrlich, ich werde es nie mehr tun. Ich höre auf damit, für immer. Ich mache es niemals wieder. Nie mehr! Du kannst mir glauben. Ehrlich!«

Ich wusste nicht, wie oft ich diese Beteuerungen schon gehört hatte, so oft, dass ich sie nicht mehr zählen konnte. Ja, ich wusste, was er als Nächstes sagen würde: »Nur noch einmal. Noch dieser einzige Schuss, dann höre ich auf.« Aber ich war mir sicher, er würde es erst sagen, wenn ich mich etwas beruhigt hatte.

Und dann sagte er es: »Ich drücke nur noch ein letztes Mal. Nur noch dieser eine Schuss, dann höre ich für immer auf mit diesem Zeug. Ich werde es nie mehr anrühren. Hannah, echt. Ich schwöre es.«

Wir gingen in die Küche und setzten uns an den Küchentisch. Ich sah ihm dabei zu, wie er das Heroin in einem Kaffeelöffel mit Wasser und Ascorbinsäure aufkochte und seinen Arm mit einem Gürtel abband. Noch fand er eine brauchbare Vene, in einigen Wochen würde das anders aussehen.

Ich wusste, dass Kira seine Dealerin war, ich wusste es vom ersten Augenblick an, als ich die beiden zusammen gesehen hatte. Jascha hingegen behauptete jedes Mal, seine Kollegin würde nur Gras rauchen. Aber er konnte mir nichts vormachen. Ich sah doch, dass Kira ein Junkie war. Und dass mein Freund dies zu verheimlichen versuchte, konnte nur eines bedeuten, dass Kira seine Connection war.

Jetzt waren Jaschas Pupillen stecknadelkopfklein, seine Augenlider wurden schwer, er zündete sich eine Zigarette an und kratzte sich gedankenverloren im Gesicht. Dann stand er auf und ging ins Schlafzimmer, legte sich ins Bett und drehte die *Doors* auf volle Lautstärke.

Ich würde ihn verlieren und wusste nicht, was ich dagegen tun konnte.

Das alles war vor drei Monaten erneut in unser Leben getreten, wie ein Blitz aus heiterem Himmel. Gerade jetzt hatte ich nicht damit gerechnet, war nicht im Geringsten darauf vorbereitet gewesen. Wir waren doch so glücklich. Oder war nur ich glücklich? Vielleicht reichte Glück und Liebe nicht aus, um diese Infiltration auf Dauer von uns fernzuhalten. Niemals hätte ich zu diesem Zeitpunkt auch nur damit gerechnet, dass Jascha in meiner Abwesenheit einen Rückfall bauen würde.

Ich verbrachte mit den Jugendlichen aus der Heimgruppe eine zweiwöchige Ferienfreizeit auf der Schwäbischen Alb. Am Ende der zweiten Woche erwachte ich mitten in der Nacht, ich war schweißgebadet, mein Puls raste. Im Traum hatte ich Jascha vor mir gesehen, er saß in unserer Wohnküche vor dem Fernsehgerät, in seinem linken Arm steckte noch die Spritze und sein Kopf war nach hinten überstreckt. Jascha hatte eine Überdosis. Da war sofort diese Gewissheit: Das war kein Traum gewesen. Und zum ersten Mal war ich nach siebzehn Monaten wieder mit dieser Angst erfüllt, wurde fast verrückt vor Angst. Immer wieder sagte ich mir: Es war nur ein Albtraum, aber ich konnte mir nichts vormachen, ich wusste nur zu gut, dass dieser Traum die Wirklichkeit gezeigt hatte.

Ich saß mit den Jugendlichen beim Frühstück, als mir der Vermieter unserer Ferienwohnung mitteilte, dass ich in seinem Schuhgeschäft einen Anruf entgegennehmen sollte.

Meine Angst wuchs ins Unermessliche. Ich konnte nicht mehr denken, mit schwitzigen und zittrigen Fingern ergriff ich den Telefonhörer, vor Angst konnte ich fast nicht sprechen.

»Hallo, ich bin's, ich musste unbedingt den Klang deiner Stimme hören. Ich vermisse dich so sehr, Hannah.«

Ich dachte: Jascha lebt! Er lebt! Ich war so unendlich froh. Immer wieder sagte ich mir, dass nichts geschehen war. Aber ich wusste nur zu gut, wenn ich nach Hause kommen würde, wäre nichts mehr wie zuvor.

Dann endlich öffnete Jascha mir unsere Wohnungstür, kein Kuss, kein Lächeln, er wirkte verwirrt, traurig, fast gebrochen. »Komm rein, ich muss dir etwas sagen. Ich habe wieder damit angefangen.«

Dies war das erste und einzige Mal, dass er einen Rückfall sofort zugegeben hatte.

Und dann sagte er: »Vor drei Tagen hätte ich mir beinah einen goldenen Schuss gesetzt. Mitten in der Nacht bin ich vor dem Fernseher aufgewacht, ich hatte noch die Spritze im Arm. Es hätte nicht viel gefehlt und ich wäre draufgegangen.«

Abends hielt Jascha mich ganz fest im Arm und flüsterte: »Es tut mir so leid, dass ich immer wieder damit anfange.«

Ich sagte: »Es ist, als hättest du eine Geliebte, ich fühle mich wie eine betrogene Ehefrau. Wenn du zu deiner Geliebten gehst, habe ich nichts mehr von dir, dann gehörst du nur noch ihr, du siehst mich nicht mehr, berührst mich nicht mehr, schläfst nicht mehr mit mir, dann gibt es nur noch sie in deinem Leben. Ich bin eifersüchtig auf deine Geliebte Heroin.«

»Ja, du hast recht, Hannah. Du liebst mich so sehr, viel zu sehr, und ich kann dir nur so wenig geben. Ich weiß nicht einmal, ob ich dich liebe, vielleicht ist meine Liebe zum Heroin derart stark, dass da nicht mehr viel für dich übrigbleibt.«

»Ach Jascha, wenn du clean bist, dann reicht das, was du mir geben kannst, um mich zum glücklichsten Menschen auf der Welt zu machen. Allerdings, wenn du abhängig vom Heroin bist, dann fallen für mich nur noch wenige Brosamen ab, die reichen mir dann nicht einmal, um zu überleben, dann verhungere ich an deinem ausgestreckten Arm, mit dem du mich dauerhaft auf Distanz hältst.«

5. Mauern mit Stacheldraht

Mit einer Masse von Menschen drängelten wir uns um kurz nach zwanzig Uhr in Nizza in den Zug Richtung Frankfurt. Wir hatten Sitzplätze reserviert, aber als wir in unserem Abteil ankamen, waren unsere Plätze schon von zwei Frauen mit einem Schäferhund besetzt. Gleich nach uns stiegen die restlichen Leute ein, jetzt waren wir acht Personen und ein Hund in einem Abteil mit sechs Plätzen. Ich ahnte vom ersten Augenblick an, dass diese Nachtfahrt nicht besonders angenehm werden würde, besonders, als ich mir die beiden Frauen mit *Hund* ansah. Wie konnte man einem Schäferhund nur den einfallsreichen Namen *Hund* geben? Na ja, das Frauchen von Hund war eindeutig auf Drogen, das hatte gerade noch gefehlt. Als wir das Abteil betraten, hatte sie sofort Jascha angepeilt. Jetzt kommunizierte sie mit ihm. Mit ihren Augen und ihrem gesamten Körpereinsatz wollte sie von ihm wissen: »Hast du was?« Jascha antwortete in der gleichen Sprache: »Nein, du?« Sie sagte: »Ja.« Vielleicht hieß es auch: »Ich kann was besorgen.« Da war ich mir nicht ganz sicher, ich hatte einige Übersetzungsschwierigkeiten. Was ich allerdings wieder sehr genau verstand: »Ich will dich vögeln.« »Geht klar, wenn du was besorgst«, war Jaschas Antwort. Diese Einheimischensprache der Junkies ist wie die Pfeifsprache der Gomeras. Die Bewohner der kanarischen Insel La Gomera können sich mit einer Pfeifsprache verständigen, die für Außenstehende wie gewöhnliches Vogelgezwitscher klingt, die Gomeras aber führen damit eine gepflegte Unterhaltung. Mein Pech war, dass ich die Einheimischensprache der Junkies verstand. Nachdem die Blonde aus dem Abteil verschwunden war, rechnete ich damit, dass es keine zwei Minuten dauerte, bevor Jascha den Abgang machen würde.

»Muss zur Toilette.«

Ich sah Jascha direkt in die Augen und sagte: »Tu nichts, was du später bereuen wirst.«

Er sah mich überrascht und eine Spur zu lange an, bevor er das Abteil verließ. Damit hatte er nicht gerechnet, dass ich diese *Unterhaltung* verstanden hatte.

Irgendwie passten wir jetzt doch alle in das Abteil, es war sogar noch ein Platz frei. Ich überlegte, ob ich nicht einfach an der nächsten Station aussteigen sollte. Einfach meinen Rucksack nehmen und raus aus dem Zug. Sollte Jascha doch sehen, wo er blieb, er konnte ja mit der Bitch nach Hause gehen. Der Typ neben mir probierte seit einer Stunde, mit mir ins Gespräch zu kommen, aber ich gab ihm einfach keine Antwort.

Irgendwann sagte er: »Du bist sauer auf deinen Freund, oder?«

»Der kann bleiben, wo der Pfeffer wächst, dieses Arschloch«, sagte ich.

»Er kommt schon wieder, mach dir nicht so viele Gedanken.«

Wahrscheinlich wollte mich mein Nachbar nur etwas aufheitern, was ihm aber gründlich misslungen war. Ich dachte: Den ganzen Urlaub über, die letzten sechzehn Tage, jedes Mal, wenn ich mit Jascha schlafen wollte, hatte ich mir anhören können: »Ich bin noch nicht so weit. Gib mir noch ein paar Tage Zeit.« Aber dieser Schlampe kann er's besorgen.

»Hey, hast du Lust mit mir was zu rauchen?«

»O ja! Gerne.« Jetzt gelang es meinem Sitznachbarn doch noch, mich aufzuheitern.

Er drehte einen Joint und dann setzten wir uns vor das Abteil auf den Boden und rauchten. In diesem Augenblick kamen Jascha und seine neue Eroberung den Gang entlang, sie stiegen über uns hinweg und gingen in die andere Richtung weiter. Vielleicht wollte sie noch etwas auftreiben. Jaschas kalter und missbilligender Blick traf mich wie eine Ohrfeige. Ich bemühte mich, genauso kalt zurückzublicken. Mit meinem netten jungen Nachbarn rauchte ich gleich danach noch einen weiteren Joint und inzwischen war mir ziemlich egal, was mein Freund alles trieb.

Nach zwei Stunden kam Jascha zurück ins Abteil. Sofort schnauzte er mich an: »Musstest du unbedingt mit diesem Typen kiffen?«

Ich sah an seinen Pupillen, dass er, entgegen meinen Erwartungen, kein Heroin bekommen hatte, sie konnte wohl im ganzen Zug keines auftreiben, aber er sah nach Kokain aus, und ich antworte nur eiskalt: »Musstest du unbedingt mit dieser Drogenbitch koksen und sie danach durchficken?«

Jascha machte den Mund auf, um etwas zu erwidern, klappte ihn dann aber wieder zu, als würde seine Stimme ihren Dienst verweigern. Alle in diesem inzwischen wieder übervollen Abteil schienen die Luft anzuhalten, sie gaben sich Mühe, möglichst unbeteiligt dreinzuschauen. Aber tatsächlich sahen sie aus, als hätten sie Angst, dass gleich eine Bombe hochging.

Vielleicht war es nicht die beste Idee gewesen, mit Jascha in Urlaub zu fahren. Aber nach seinen zahlreichen Rückfällen hatte ich ihn vor die Wahl gestellt: Entweder er kam mit in Urlaub oder ich würde allein reisen. Nach zwei Tagen Bedenkzeit war er bereit, mitzukommen. Wir trampten nach Südfrankreich. Ich hatte gedacht, Jascha würde so automatisch entziehen und während unserer Reise auch nicht an Drogen rankommen.

Die ersten Tage hatte Jascha noch einen leichten Turkey. Was aber schlimmer war, waren seine schlechte Laune, seine Ungeduld und seine Reizbarkeit, die den ganzen Urlaub über anhielten. Wenn wir länger als zehn Minuten an der Straße standen und auf den nächsten Hit warten mussten, wurde er unruhig und begann zu fluchen. Aus den nichtigsten Anlässen gerieten wir in Streit. Ich wusste, Jascha dachte nur an Heroin. Er sah nichts von der schönen Landschaft, weder nahm er das unverkennbare Licht der Provence wahr, welches die romantischen Weinberge und die weiten lila Lavendelfelder eigentümlich und einzigartig strahlen ließ, noch den wunderschönen rotglühenden Sonnenuntergang am Meer, weder roch er das Salzwasser, noch bemerkte er den leichten Mistral am Nachmittag, der die Luft angenehm abkühlte und unsere Haut streichelte. Jede Zärtlichkeit von mir wehrte Jascha ab, als wäre sie die größte Zumutung auf Erden. Stundenlang lag er maulfaul in sich gekehrt in unserem kleinen Zelt. Selten, sehr selten nahm er seine Luftmatratze und ließ sich im Meer treiben. Dass Jascha nicht schwimmen konnte, hatte ich erst in Fréjus am Meer bemerkt. Fast war ich erleichtert, als sich unser Urlaub dem Ende zuneigte, aber ich hatte auch Angst. Mir war klar, zu Hause würde sich Jascha sofort einen Schuss setzen und entgegen seinen Beteuerungen war er nicht bereit, mit den Drogen aufzuhören. Im Gegenteil: Seine Sucht würde erst noch richtig an Fahrt aufnehmen.

Daher war ich nicht im Geringsten überrascht, als am Morgen nach unserer Rückkehr Jaschas Dealerin Kira vor unserer Haustür stand.

Jascha konsumierte zwei Wochen Heroin, dann sagte er: »Ich drück jetzt den Rest, danach ist Schluss mit H.«

Ich wollte ihm glauben, aber es fiel mir schwer. Immer wieder diese Beteuerungen und immer wieder begann alles von vorn. Wenigstens ging er weiterhin arbeiten, damit hatte ich nicht gerechnet. Ich dachte, wenn er wieder öfter drückt, dann schmeißt er seinen Job. Ich wertete es als Zeichen, dass er tatsächlich mit den Drogen aufhören wollte.

Seit drei Wochen hatte Jascha inzwischen keine harten Drogen mehr konsumiert. Er hatte seine Kollegen Tobias und Jonathan eingeladen, mit ihnen war er seit längerer Zeit befreundet. Die beiden nahmen keine harten Drogen, ab und zu kifften sie. Tobi wollte, dass ich eine Art Teezeremonie veranstaltete. Aus Quatsch tat ich so, als sei der grüne Tee besonders wertvoll und veranstalte eine Aktion mit dem Teeziehen. Tobi gab sein gesamtes Teewissen zum Besten. Wir aßen meinen selbstgebackenen Apfelkuchen. Jascha und Jonathan tranken Kaffee, Tobi und ich Tee. Tobi erzählte Witze, wir lachten, dann unterhielten wir uns über Meditation.

Jonathan stieg sofort ein: »Wenn zwanzig Prozent aller Menschen meditieren würden, dann gäbe es auf der ganzen Welt weder Gewalt noch Kriminalität.«

»Ja, dem kann ich nur beipflichten«, bestätigte Tobi.

»Ich weiß nicht«, sagte ich. »Ich bin mir nicht sicher, ob das so funktioniert.«

»Was redet ihr denn da für einen Schwachsinn? Seid ihr jetzt in einer Sekte?« Jascha sah uns alle drei streitlustig an und die Diskussion drohte zu kippen.

Nachdem Tobi und Jonathan gegangen waren, knallte Jascha die leeren Tassen auf die Spüle.

»Wen von den beiden würdest du denn gerne ficken? Oder möchtest du es lieber von beiden gleichzeitig besorgt bekommen? Das merkt doch jeder, dass du scharf auf die bist.«

»Jascha, was soll das? Du lädst deine Freude ein und wenn ich mich mit ihnen unterhalte, wirfst du mir vor, dass ich mit ihnen vögeln will. Mensch, hast du sie noch alle?«

»Ich seh doch ganz genau, was da läuft.« Jascha schäumte fast über vor Wut.

Seine krankhafte Eifersucht konnte ich nicht nachvollziehen, zumal ich ihm noch niemals einen Grund hierzu gegeben hatte. Er war schließlich der einzige Mann, der mich interessierte.

»Es ist ein Fehler, wenn du immer von dir ausgehst. Nur weil du jede Schlampe vögeln willst, muss das ja nicht auch auf mich zutreffen.«

»Ich hab doch genau gesehen, wie du die angemacht hast.«

»Ich habe mich mit ihnen UNTERHALTEN.«

»Du hast mit ihnen gelacht.«

»Ja, wir haben gelacht, aber Lachen ist nicht vögeln. Lachen ist auch nicht vögeln wollen. Lachen ist lachen, sonst nichts.«

»DU machst mir nichts vor.«

Jascha ging aus der Wohnung und schlug die Tür hinter sich zu.

Ich riss sie wieder auf und schrie ihm nach: »Einen schönen Gruß an Kira.«

Ich war mir sicher, dass er sich einen Schuss setzen würde. Wahrscheinlich hatte er nur einen Grund gesucht, um einen Rückfall zu bauen. Aber ich würde mir diesen Schuh nicht anziehen. Ich war nicht schuld an seinem Rückfall. Nur weil ich mich mit Tobi und Jonathan unterhalten hatte. Sollte er doch machen, was er wollte, sollte er sich doch zuballern, wenn er es unbedingt brauchte. Ich kannte dieses Verhalten von früher, als er drauf war nur zu gut.

Drei Wochen später kam ich vom Schichtdienst nach Hause. Ich wollte *Chili con Carne* für abends kochen und suchte den Dosenöffner. An seinem Platz war er nicht. Ich zog alle Schubladen ganz weit auf. Und dann traf mich fast ein Schlag. Neben der Plastik-Tortenspritze lag eine benutzte Glasfixe, an der geronnenes Blut klebte.

Abends riss ich sofort die Schublade auf und wollte von Jascha wissen, was das zu bedeuten hatte.

»Reg dich nicht gleich wieder auf. Das ist doch nur ein Scherz.«

»EIN SCHERZ? Das soll ein SCHERZ sein? Sehr witzig.« Ich konnte es nicht fassen.

Jascha beteuerte, dass er seit zwei Wochen nichts mehr gedrückt hätte.

Eine Woche später wischte ich die Badezimmerlampe über dem Spiegel ab und es fielen fünf benutzte Zigarettenfilter herunter.

Natürlich behauptete Jascha: »Ach die, die hatte ich völlig vergessen.«

Ich wusste, dass Jascha niemals seine Filter vergaß. Wenn er kein Heroin mehr hatte, dann kochte er sie aus. Immer. Ich wusste genau, dass er auf H war, aber was sollte ich machen? Abends lag er zugedrückt im Bett, meilenweit von mir entfernt. Als ich ihn am nächsten Morgen daraufhin ansprach, beharrte er darauf, clean zu sein. Bis er abends mit so einem besonderen Ausdruck im Bad verschwand. Ich wusste sofort, was er vorhatte, und riss nach der entsprechenden Zeit die Tür auf. Natürlich saß er mit abgebundenem Arm auf der Toilette und wollte sich gerade einen Schuss setzen. Sein Versteck stand noch offen. Eine der beiden abnehmbaren Kacheln der Badewannenverkleidung lehnte an der Wand. Klar, hätte ich mir denken können, dort bewahrte er das Heroin und sein

Drogenbesteck auf – eine Spritze, einen Löffel, Ascorbinsäure und einen Gürtel.

»Es war mein letzter Druck, ich habe nichts mehr.«

»Na, deine Filter kannst du ja nicht mehr auskochen, die habe ich schon entsorgt.«

Wir saßen am Küchentisch und er drehte sich eine Zigarette.

»Jascha, du musst aufhören, du machst alles kaputt. Ich liebe dich, aber ich weiß nicht, wie lange ich das aushalte. Wenn du drückst, bist du ein anderer Mensch, immer öfter wirst du dann zu einem Fremden für mich. Manchmal habe ich dann sogar Angst vor dir.«

»Ja, ich hör ja auf mit dem Zeug. Echt, ich schwör's. Ich rühr kein Heroin mehr an. Du kannst mir glauben, Hannah.«

Ich bemerkte, wie dieses hundertprozentige Vertrauen, das ich Jascha entgegenbrachte, immer weiter schmolz.

In der Nacht hatte ich einen Traum. Jascha und ich waren in einen Brunnenschacht gefallen. Jascha war weiter unten im Brunnen als ich. Mit seinen Händen stützte er mich ab, damit ich aus dem Schacht klettern konnte. Ich fluchte und riss mir die Hände an den spitzen Steinen auf. Aber nach mehreren Versuchen schaffte ich es. Jascha hatte mich dabei immer wieder angefeuert. Jetzt warf ich ihm ein dickes Seil nach unten. Jascha kletterte langsam daran hoch. Es funktionierte, er stieg immer höher; ich war sicher, er würde es schaffen. Aber dann dröselte das dicke Seil immer mehr auf. Ich rief Jascha zu, dass er sich beeilen soll. »Schnell, schnell, du schaffst es!«, schrie ich. Aber noch bevor das Seil riss, ließ Jascha es plötzlich los und stürzte in die Tiefe. Ich schrie und dann weinte ich. Ich wusste, ich hatte ihn verloren. Für immer.

Schweißgebadet erwachte ich. Jascha lag neben mir, seine Hand war fest in meine gebettet.

Jascha versuchte tatsächlich wieder, mit den Drogen aufzuhören. Gleichzeitig presste er alle Abende und Tage in einen ganz bestimmten Rhythmus. Stundenlang saß er vor dem Fernseher. Abends sah er mindestens drei bis vier Mal die Nachrichten. Er wurde fast hysterisch, wenn ich den Fernseher ausschalten wollte. Es war, als musste er sich ständig davon überzeugen, dass die Welt noch existierte, dass alles in Ordnung war. Selbst wenn wir miteinander schliefen, mussten wir uns beeilen, weil wir auf keinen Fall die nächsten Nachrichten verpassen durften.

Ich schrieb ein Gedicht und drückte es Jascha in die Hand.

Wenn ich neben dir liege, siehst du mich nicht.
Wenn ich um Hilfe schreie, hörst du mich nicht.
Du liebst mich zwischen den Heute-Nachrichten und der Tagesschau.

Jascha nahm mich in den Arm und alles brach aus mir heraus. Ich schluchzte und konnte nicht mehr aufhören zu weinen.

»Ich werde mich ändern, ehrlich.«

Er fiel jedoch nach zwei Tagen erneut in sein zwanghaftes Verhalten zurück.

Im Heim hatte ich jetzt als Erzieherin noch mehr Verantwortung als zuvor. Außerdem arbeitete ich inzwischen dauerhaft im Schichtdienst. Das hieß, ich sah Jascha oft drei oder vier Tage nicht. Ich hatte das Gefühl, dass er regelmäßig Drogen nahm, wenn ich im Schichtdienst war. An den restlichen Tagen war er clean, aber schrecklich schlecht gelaunt. Immer öfter gelang es mir nicht mehr, zu Jascha durchzudringen. Obwohl wir im gleichen Raum saßen, war Jascha kilometerweit von mir entfernt. Ich fühlte mich mit allem überfordert, mit dem Job im Heim, meiner eigenen Psyche und den Problemen mit Jascha. Oft regte ich mich wegen jeder Kleinigkeit auf und wurde auch manchmal richtig aggressiv. Unter der Spüle hortete ich die angeschlagenen Tassen, wenn meine Aggressionen zu stark wurden, warf ich eine Tasse gegen die Wand. So baute ich meine Aggressionen immerhin kontrolliert ab.

Am Sonntagabend lag ich mit Jascha im Bett.

»Hol mir meinen Tabak und dreh mir eine Zigarette!«, befahl Jascha in einem herrischen Ton.

»Hol ihn dir doch selbst«, gab ich patzig zurück.

»Nie tust du etwas für mich.«

»Was, nie tue ich etwas für dich?« Schon fing ich an, alles, was ich für meinen Freund tat, aufzuzählen.

»Ich will aber, dass du mir meinen Tabak holst.« Jascha drehte seinen Kopf trotzig zur Wand.

Ich lenkte ein, ging in die Küche, holte die Packung *Van Nelle* und drehte ihm eine dünne Zigarette. Ich rauchte sie an, bevor ich sie an ihn weiterreichte.

Danach legte ich mich neben ihn und streichelte ihm sanft über seinen Kopf: »Was ist los mit dir?«

»Nichts.«

»Es geht dir nicht gut.«

»Schon in Ordnung.«

»Hast du einen Affen?«

»Ja, ich hasse diesen verdammten Affen. Immer denke ich, irgendwann muss das doch aufhören. Doch dann bin ich wieder so drogengeil, dass ich es fast nicht aushalte. Diese Sehnsucht nach Rausch ist so unendlich groß. Ich würde jetzt alles für einen Schuss Heroin tun. Ich kann nur noch an diesen Stich in meine Armbeuge denken. Hundertmal, tausendmal, in Gedanken drücke ich immer wieder die Spritze ab und spüre, wie das Zeug in meinem Kopf explodiert und sich dann in meinem ganzen Körper verteilt.«

Ich streichelte ihn und er sah mich mit diesen glänzenden kalten Augen an. Ich hatte Angst, dass alles wieder von vorne begann, Angst, dass wir uns noch weiter voneinander entfernten.

Ruhig redete ich auf Jascha ein. »Kann ich etwas tun, um dich abzulenken?«

Über sein Gesicht huschte ein sachte aufkeimendes Lächeln: »Ja, kannst du. Ich wüsste da etwas.«

»Möchtest du das jetzt wirklich?« Wir hatten seit zwei Wochen nicht mehr miteinander geschlafen.

»Ja, das ist das Einzige, was mich von einem Affen ablenken kann.«

Jascha drang schnell in mich ein, er lag auf mir und stieß und stieß, mit einer ungeheuren Wucht, als wollte er mich mit seinem Schwanz durchbohren. Er bumste mich kalt und hart, fast verzweifelt, es tat so weh, ich hätte schreien können, aber ich blieb ganz still.

Danach lag er wieder neben mir und rauchte.

»Wie geht es dir jetzt?«, wollte ich wissen.

»Es hat gutgetan. Sex ist besser als Hero. Der Flash ist schwächer, aber gesünder. Ich glaube, der Affe legt sich schlafen. Ich will dich noch einmal. Hast du Lust?«

Ich bejahte, auch wenn es nicht der Wahrheit entsprach.

Jedoch liebte mich Jascha diesmal mit einer Zärtlichkeit, die ich schon lange nicht mehr bei ihm erlebt hatte. Es war, als wollte er diese Härte und Kälte, die in unserer Beziehung entstanden waren, auflösen.

Danach löschten wir das Licht. Jascha legte wie jede Nacht seine Hand in meine und schlief ein.

Wie hatte ich es nur zulassen können, dass wir uns so weit voneinander entfernten?

Als ich drei Tage später vom Schichtdienst nach Hause kam, lag Jascha zugedrückt im Bett, unerreichbar auf einem anderen Stern. Meine vergossenen Tränen sah er nicht. Meine lautlosen Schreie hörte er nicht.

6. Schockstarre

Jascha konsumierte seit Wochen regelmäßig Heroin; alle ein bis zwei Tage stand Kira vor der Tür, um ihn mit neuem Stoff zu versorgen. Aber jedes Mal, wenn ich ihn darauf ansprach, stritt er alles ab. Er würde keine harten Drogen nehmen. Beim Aufräumen fand ich unter dem Schallplattenspieler mehrere Schachteln *Rohypnol*. Die nahm er nur, wenn er wirklich drauf war und einen Turkey hatte. Ich kannte die Wahrheit, da konnte er mir erzählen, was er wollte. Alle Zärtlichkeiten meinerseits wehrte er ab, als würden sie zu einer tödlichen Krankheit führen. Ich wurde fast verrückt. Meine gesamte Haut schrie nach einer kleinen Zärtlichkeit von Jascha. Aber er wehrte jede Liebesbekundung, jeden Kuss und jede Berührung ab. Diese kleinen Zärtlichkeiten fehlten mir noch viel mehr als Sex.

Aber manchmal wollte ich auch auf Sex nicht verzichten. An einem Abend begab sich Jascha sehr früh zu Bett, er hatte sich in der Küche einen Schuss gesetzt. Ich hatte ihn zwei Tage zuvor erneut im Bad erwischt, als er sich Heroin in die Venen knallte. Er hatte zugegeben, dass er inzwischen seit über zwei Monaten fast ununterbrochen Hero konsumiere. Ich legte mich zunächst auch ins Bett. Aber ich konnte nicht schlafen und stand mitten in der Nacht wieder auf.

Ich setzte mich in die Tee-Ecke. Die chinesische Papierlampe verbreitete ein sanftes warmes Licht im Raum. Ich las in einem Roman. Aber ich konnte mich nicht konzentrieren. Ich war geil. Jascha hatte schon seit längerer Zeit nicht mehr mit mir geschlafen. Ich löschte das Licht und legte mich auf den Teppich in die Tee-Ecke. Dann befriedigte ich mich selbst. Es tat gut. Sex mit Jascha war eindeutig besser, aber das hier, mit mir allein, war besser als nichts.

Der Vollmond stand hoch am Himmel und leuchtete unsere Wohnküche durch das Seitenfenster hell aus. Ich stand auf und öffnete das Fenster. Die milde, klare Luft strömte in unsere Wohnküche, ich bewunderte diesen großen Mond, man konnte die einzelnen Gebirge klar erkennen. Meine Großmutter Anna hatte dann immer gesagt: »Heute kannst du das Gesicht des Mondes sehen. Siehst du, wie er lacht?« Und sie behauptete felsenfest, es wären keine Gebirge, das wären vielmehr die Lachgrübchen des Mondes. Bei so einem berauschenden Mond könnte ich mondsüchtig werden. Es war drei Uhr und alles war so ruhig und friedlich. Fast konnte ich diese wunderbare Stille hören. In mir breitete sich ein Gefühl von Glück, Sicherheit und Zuversicht aus, wie ich es seit Jaschas erstem Rückfall nicht mehr erlebt hatte. In diesem Augenblick ruhte ich ganz tief in mir und fühlte mich wohl. Ich war mir gewiss: Alles würde sich zum Guten fügen. Dann schloss ich das Fenster wieder.

Zwei Sekunden später stürmte Jascha in die Wohnküche und riss das Seitenfenster wieder auf.

»Wo ist ER? Wo hast du ihn versteckt? Ist er aus dem Fenster gesprungen? Sag schon, wo ist er hin, dein Ficker? WO IST ER?«

Jascha schrie mich immer wieder an und schüttelte mich. Ich duckte mich, obwohl er mich noch nie zuvor geschlagen hatte, erwartete ich in diesem Augenblick seinen Schlag ins Gesicht.

»WO IST ER? WO? SAG SCHON. WO?«

Diese Welle von unerwartetem Zorn schwappte über mich und nahm mir den Atem. Ich verstand überhaupt nicht, was los war und fragte: »Hast du schlecht geträumt?«

»Ich weiß genau, dass du mit einem gevögelt hast, ich hab doch gehört, wie du das Fenster geschlossen hast. Wer war's? Tobi, Jonathan oder wer?«

»Spinnst du jetzt total?«

Jascha schrie weiter mit wutverzerrtem Gesicht auf mich ein. Inzwischen zitterte ich am ganzen Körper. Reden konnte ich nicht mehr. Ich war in eine Art Schockstarre gefallen. Ich wusste nicht, in welchen Horrorfilm ich so plötzlich geraten war. Eben noch ging es mir sehr gut, ich fühlte diese innere Ruhe, alles war so friedlich. Jetzt schien das alles zerbrochen zu sein. Aber ich ahnte, dass in diesem Augenblick viel mehr zerbrochen war als nur diese Stille.

Was passierte hier mit uns?

»Hast du dir jetzt deinen restlichen Verstand weggeballert oder was läuft hier?«, schrie ich Jascha nach einigen Minuten an, ich wollte gemein zu ihm sein.

»Ja, meinen restlichen Verstand hab ich mir wohl weggeballert. Ich hatte ja noch nie viel Verstand.« Er sah mich finster an.

Langsam, sehr langsam beruhigten wir uns beide wieder.

»Das war doof von mir«, sagte ich, »ich wollte dich verletzen, weil du mich verletzt hast. Das war nicht in Ordnung. Du weißt, dass ich dich nicht für dumm halte, ganz im Gegenteil.«

»Ich bin dumm. Sonst würde ich nicht immer wieder mit dieser verdammten Scheiße anfangen.«

»Sucht hat doch nichts mit Intelligenz zu tun.«

»Vielleicht doch.«

»Nein, das hat es nicht. Jascha, du veränderst dich durch die harten Drogen. Du machst mir Angst. Und manchmal habe ich das Gefühl, dass du ein anderer Mensch bist, wenn du abhängig bist von harten Drogen.«

»Ich bin nicht abhängig. Ich drücke ja nur ab und zu. Das alles habe ich voll unter Kontrolle.«

»Ja, das habe ich gerade gesehen.«

»Das ... das tut mir leid, ich weiß auch nicht, was in mich gefahren ist. Es sind die Drogen, die mich verändern. Du hast recht. Ich werde damit aufhören.«

Ich erklärte Jascha, dass ich den Mond bewundert hatte, diesen großen wunderschönen Vollmond. Und ich ließ auch den Sex nicht aus, den ich zuvor mit mir selbst hatte. Wir redeten dann stundenlang bis zum Morgengrauen.

Jascha war von seinem Verhalten selbst am meisten geschockt und beteuerte wie so oft, dass es ihm unendlich leidtue und er mit den Drogen aufhören werde. Ab morgen! Ganz sicher!

Natürlich blieb es bei den Beteuerungen. Jascha drückte weiter. Langsam stellte ich mir die Frage, wo er das Geld dafür hernahm. Ich dachte, vielleicht vermittelt er ab und zu Geschäfte, wenn ich Schichtdienst habe, vielleicht dealt er inzwischen auch für Kira. Jascha gehörte zu den Junkies, die in sehr kurzer Zeit sehr hoch dosierten. Egal, wie viel er von dem Stoff hatte, das Zeug musste rein in die Venen. Für manche User ist Heroin nur eine Droge. Für Jascha war es DIE Droge, es war seine Liebe, die Liebe seines Lebens. Vielleicht musste ich mich einfach damit abfinden. Aber ich konnte es nicht. Und ich wollte es nicht. Ich versuchte, immer wieder mit Jascha zu reden. Nach jedem Gespräch versprach er mir, mit dem Zeug aufzuhören. Immer sagte er: »Ich höre jetzt auf damit. Ich kann einfach aufhören. Ich habe das alles voll unter Kontrolle.« Aber ich wusste, dass dem nicht so war.

Jedes Mal bewies er mir, dass er mit den Drogen aufhören konnte. Das Problem war, dass er dann einfach heimlich weiterdrückte. Dumm nur, dass ich ihm das sofort ansah. Regelmäßig stritten wir uns dann sehr heftig. Langsam hatte ich große Angst, dass unsere Beziehung das nicht mehr lange aushalten würde, dass ich das nicht mehr lange aushalten würde. Jascha log auch immer öfter, meist aus ganz nichtigen Anlässen. Ich fragte ihn, warum er kein Brot gekauft habe. Er behauptete, er hätte Brot gekauft. Ich sah in den Brotkasten und fragte: »Wo ist denn das Brot, das du gekauft hast? Der Brotkasten ist doch leer.«

»Weiß ich doch nicht. Ich habe auf jeden Fall welches gekauft.«

So ging es auch mit Wurst, Käse, Nudeln sowie einem Buch. Ich rastete dann regelmäßig völlig aus. Ich konnte einfach nicht verstehen, wieso er nicht sagte: Ich habe vergessen, Brot, Wurst, Käse oder was auch immer zu kaufen. Es war doch offensichtlich, dass er log. Dann hob er an einem Tag die Summe für unser Haushaltsgeld zweimal ab. Ich sah es auf dem Kontoauszug. Jascha behauptete felsenfest es sei ein Fehler der Bank. Ich bestand darauf, dass er mit mir zur Bank kam. Natürlich blamierte ich mich dort alleine.

Ja, ich wusste, wo unser zweites Haushaltsgeld gelandet war. Ich hätte nur die Kacheln der Badewannenabdeckung entfernen müssen, garantiert hatte er das Heroin dort deponiert. Aber ich wollte, dass er es zugab. Er stritt alles vehement ab. Jascha verstrickte sich immer nur in neue und abstrusere Lügengeschichten. Und mit jedem neuen Lügengeflecht, mit jedem weiteren ungerechtfertigten Eifersuchtsanfall hatte ich das Gefühl, dass diese große Liebe, die ich immer noch für Jascha empfand, weniger wurde. Jeden Tag nahm sie ein Gramm ab. Ich hatte Angst, dass bald nichts mehr von dieser Liebe übrigbleiben würde. Was sollte dann aus uns werden?

Manchmal fragte ich mich, ob ich nicht vielmehr meinen Traum liebte, die Illusion, die ich mir gemacht hatte, als ich immer wieder auf Jascha gewartet hatte. Vielleicht hatte ich mir in diesen Jahren meinen eigenen Jascha erträumt. Konnte das Original, ein wirklicher Mensch aus Fleisch und Blut, mit diesem Traum jemals in Konkurrenz treten? Vielleicht war es wie bei den künstlichen Aromen. Künstliche Vanille duftet intensiver und schmeckt auch sehr viel kräftiger als natürliche Bourbone-Vanille. Niemals reichen meine Vanillekipferl an die meiner Großmutter heran, nur dann, wenn ich Vanillezucker mit künstlichem Aroma verwende, können sich meine Kipferl mit denen meiner Oma messen.

Immer mehr igelte ich mich ein. Ich hatte Angst vor Jaschas Rückfällen, vor seinen Wutausbrüchen, seinen gemeinen Eifersuchtsszenen, seinen Lügen, seinem Versteckspiel.

Auch den Stacheldraht hatte ich nicht vergessen, bei der Mauer, die ich um mich herum aufgebaut hatte. Jetzt war niemand mehr fähig, sie einzureißen – selbst ich nicht.

Ich wusste nicht mehr, wann es war, aber irgendwann hatte ich die Hoffnung aufgegeben. Diese Sicherheit, dass er es wieder schaffen würde, mit den Drogen aufzuhören. Immer öfter dachte ich, vielleicht musste ich lernen, zu akzeptieren, dass Jascha ein Junkie war und bleiben wollte. Und sofort machte sich ein schlechtes Gewissen in mir breit, und ich dachte, wie soll er es schaffen, wenn nicht einmal ich an ihn glaubte?

Inzwischen war es mir unmöglich, zu Jascha durchzudringen, und auch er schaffte es nicht mehr, mich zu erreichen. Tag für Tag entfernten wir uns weiter voneinander, als würden wir in verschiedene Richtungen laufen.

Jaschas dreizehntes Monatsgehalt war nicht auf seinem Konto. Ich sprach ihn darauf an.

Er sagte: »Das bekomme ich erst nächsten Monat.«

Zwei Tage später lag auf dem Tisch seine Gehaltsabrechnung, auf der stand, dass das Geld in bar an Jascha ausgezahlt wurde.

Als ich ihn darauf ansprach, behauptete er, das sei ein Fehler, er würde das Geld erst nächsten Monat bekommen. Wir stritten den ganzen Tag.

Irgendwann sagte Jascha: »Es ist doch mein Geld, ich kann doch damit machen, was ich will.«

Mir reichte es, ich wollte, dass Jascha etwas an der Situation änderte. Es war das erste Mal, dass ich sagte: »Du musst etwas gegen deine Sucht tun, sonst sehe ich keine Zukunft für unsere Beziehung.«

»Willst du mich erpressen?«

»Nein, aber ich halte das alles nicht mehr aus. Du musst dir Hilfe holen, wenn du wirklich aufhören willst.«

Jascha sagte, dass seine Sucht doch nicht gegen mich gerichtet sei.

»Ja, ich weiß, Jascha. Natürlich ist deine Sucht nicht gegen mich gerichtet. Aber ich bin diejenige, die darunter leidet.«

Jascha sagte, er brauche Bedenkzeit.

Ich war außer mir: »Bedenkzeit?«

»Ich bin mir nicht sicher, ob ich schon wieder mit den Drogen aufhören will.«

Jascha bat um eine Woche Bedenkzeit.

Ich musste ins Kinderheim zum Schichtdienst.

Nach vier Tagen kam ich abends nach Hause. Jascha war nicht da. Ich wusste nicht mehr so genau, ob er überhaupt noch arbeitete. Es stank nach Abfall. Ich brachte den Müll raus, da fiel eine Fahrkarte runter. Ich sah mir die Fahrkarte genauer an. Es handelte sich um eine Rückfahrkarte aus Ludwigshafen, sie war gestern abgestempelt worden. Ich wühlte im Müll und fühlte mich schlecht dabei. Dann fand ich noch eine Fahrkarte, die Hinfahrt war zwei

Tage zuvor. Jascha hatte also drei Tage in Ludwigshafen verbracht. Fast keimte etwas Hoffnung in mir auf. Vielleicht war er bei Conny in der Drogenberatung gewesen. Schließlich hatte ich ihm die Pistole auf die Brust gesetzt und von ihm verlangt, etwas gegen seine Sucht zu tun. Vielleicht wollte er erneut eine Therapie machen und hatte mit Conny, der Leiterin der Drogenberatung, gesprochen. Aber drei Tage? Er war drei Tage in Ludwigshafen gewesen.

Nach zwei Stunden kam Jascha nach Hause. Er war zugedrückt und verschwand im Schlafzimmer.

Er sagte, er käme von der Arbeit und sei müde.

Ich wollte wissen, was er die letzten Tage gemacht hätte.

»Was soll ich gemacht haben? Ich war Arbeiten, wie immer.«

Ich fasste in die linke Tasche meiner Jeans und knallte ihm die Fahrkarten vor die Füße.

»Du warst arbeiten? Was war das denn für eine Arbeit in Ludwigshafen? Dealen?«

»Spionierst du mir jetzt nach oder was?«

»Scheiße, die Rückfahrkarte ist aus dem Mülleimer gefallen. Ja, dann habe ich im Abfall gewühlt und dort auch noch die Fahrkarte für die Hinfahrt gefunden.«

»So weit ist es jetzt schon, dass du mir nachspionierst?«

»Sonst erfahre ich ja nichts, du lügst mich ja nur immer an. Was bleibt mir denn übrig?«

»Ich habe mich entschieden. Ich werde nicht mehr mit den Drogen aufhören. Ich werde stattdessen nach Ludwigshafen zurückgehen.«

Ich fühlte mich, als hätte man mir den Boden unter den Füßen weggezogen.

»Jascha, ich will doch unsere Beziehung nicht beenden. Ich möchte doch nur, dass du etwas gegen deine Sucht tust. Ich will doch nur, dass es wieder so ist wie früher. Wir waren doch glücklich. Ich will doch nur unser altes Leben zurück.«

Jascha drehte sich eine dünne Zigarette, inhalierte den Rauch tief und sagte: »Du wolltest eine Entscheidung. Ich habe mich entschieden. Ich habe meine Stelle gekündigt. Nächste Woche werde ich noch einmal nach Ludwigshafen fahren. Ich werde dann etwas länger bleiben, um alles zu regeln. Die nächste Zeit schlafe ich bei meiner Mutter.«

»Jascha, ich will doch nicht, dass du gehst. Wenn du das denkst, dann liegst du falsch. Falls du dich von mir trennen willst, dann behalte die Wohnung und ich suche mir etwas anderes. Wenn du zurückgehst, hast du keine Chance. Dort bist du doch nur wieder Jacko, der Junkie.«

»Ich bin ein Junkie und ich bleibe ein Junkie. Deshalb werde ich zurückgehen und ich werde nie mehr mit den Drogen aufhören. Ich will das Heroin. Hier kann ich nicht dealen. Ich kenne hier die Szene nicht und die Szene kennt mich nicht. In Lu ist alles viel einfacher. Ja, du hast recht. Hier bin ich Jascha. In Ludwigshafen bin ich Jacko, der Junkie und Drogendealer.«

»Ja, dort bist du Jacko, der Junkie und Drogendealer, und der wirst du dort auch immer bleiben. Hier hast du eine Chance, wenn du irgendwann wieder aufhören willst. Wie kannst du sagen, du hörst nicht mehr damit auf? Wie kannst du so etwas sagen?«

Mir liefen die Tränen in Strömen die Wangen herunter. Ich war außer mir. Was sollte ich nur tun? Was konnte ich noch sagen, um ihn umzustimmen?

»Hannah, ich bin ein Junkie und ich bleibe ein Junkie.«

»So ein Quatsch. Jascha, du warst Monate lang clean und diese Zeit mit dir war wunderschön. Warum soll es nicht wieder so werden?«

»Weil ich nicht mehr die Kraft zum Aufhören habe.«

»Bleib hier, wir versuchen es noch einmal. Bitte geh nicht zurück. Bitte.«

»Ich muss.«

Was hatte ich nur angerichtet? Ich hätte Jascha niemals so unter Druck setzen dürfen.

Eine Woche später fuhr Jascha wieder nach Ludwigshafen. Als ich vom Schichtdienst nach Hause kam, lag ein Zettel auf unserem Küchentisch, auf dem er mir mitteilte, dass er zehn Tage bleiben werde.

Immer wieder überlegte ich, ob ich hinfahren sollte, um ihn zurückzuholen. Wollte er, dass ich ihn zurückholte? Nein, ich glaubte nicht, dass er das wollte.

Zwei Tage vor meinem Geburtstag stand er vor der Tür.

An meinem Geburtstag gratulierte er mir und sagte: »Jetzt habe ich schon wieder kein Geburtstagsgeschenk für dich.«

Aber diesmal war es mir egal. Ich hatte mit nichts mehr gerechnet.

Und doch sagte ich: »Schenk mir dich. Bleib hier und lass es uns noch einmal versuchen.«

»Hannah, es geht nicht. Ich muss zurück. Es gibt keine andere Alternative.«

»Warum nicht?«

Ich verstand das nicht, ich wollte es nicht verstehen. Warum konnte Jascha nicht hierbleiben und mit dem Heroin aufhören? Ich wollte unsere Normalität zurück. Ich wollte unser Glück zurück. Ich wollte unsere Liebe zurück. Ich wollte unser Leben zurück.

Wie sollte ich ohne Jascha existieren, wie ohne ihn atmen, wie ohne ihn drogen- und alkoholfrei leben?

Jascha fuhr wieder nach Ludwigshafen. Diesmal blieb er mehrere Wochen weg. Als er zurückkam, verkündete er mir seinen Auszugstermin, den 1. April. Er wollte direkt ins *Home* ziehen, der Übernachtungseinrichtung für obdachlose Drogenabhängige. Ich brach zusammen, ich bekam einen Weinkrampf. Ich wollte nicht, dass Jascha ging, auf keinen Fall. Und ich wollte schon gar nicht, dass er ins *Home* zog.

Jascha tröstete mich, gab mir aber unmissverständlich zu verstehen, dass er seine Entscheidung endgültig getroffen habe.

7. Die Trennung

Am 1. April saß ich mit Jascha an unserem Küchentisch, wir warteten auf den Praktikanten des *Home*. Er hatte angeboten, meinen Freund mit seinem Hab und Gut in einem VW-Bus in die Einrichtung für obdachlose Drogenabhängige zu transportieren.

Schweigend saßen wir da. Es war ein trauriges Schweigen. Immer wieder hatte ich in den letzten Tagen versucht, Jascha umzustimmen. Meine vielen Bitten waren erfolglos geblieben. Als es an der Tür läutete, schrak ich zusammen. Jascha sah mich an, biss sich auf die Unterlippe, atmete tief durch und öffnete die Tür.

Ein Mann, etwa fünfundzwanzig, kurze braune Haare, betrat unsere Wohnung. Ich dachte: Wenn er geht, dann gibt es kein *uns* mehr.

Die beiden trugen unser Küchenbuffet, das aus den zwei verschiedenen Schränken bestand, die Jascha aufwändig restauriert hatte, in den VW-Bus. Dann folgten ein anderer von Jascha renovierter Schrank, Kisten mit seinen Büchern, seine Garderobe, seine Stereoanlage, seine Schallplatten. Kochgeschirr, Besteck, Bettwäsche und Handtücher hatte ich gerecht in zwei Hälften geteilt. Ich saß weiter regungslos an unserem großen Küchentisch und sah zu, wie unser gemeinsames Zuhause immer leerer und fremder wurde. Ich war nicht bereit, dabei zu helfen.

Ich hatte zu Jascha gesagt: »Ich trag kein Stück nach draußen. Ich möchte nicht, dass du gehst. Du machst einen Fehler, einen sehr großen Fehler!«

Nachdem die beiden Jaschas Habseligkeiten im VW-Bus verstaut hatten, tranken wir noch Kaffee zusammen und aßen Frankfurter Kranz, Jaschas Lieblingskuchen, den ich gebacken hatte.

»Jascha, bleib hier, bitte bleib hier. Ich möchte nicht, dass du gehst.«

»Ich muss gehen, das weißt du.«

»Ich wollte doch nicht, dass du gehst, ich wollte doch nur, dass du wieder aufhörst mit den Drogen. Jascha, bitte bleib, hier ist doch dein Zuhause.«

»Hannah, ich bin diesen Weg zu weit gegangen. Ich kann nicht mehr zurück. Ich kann nicht mehr aufhören.«

»Wie kannst du so etwas sagen? Natürlich kannst du aufhören. Ich verstehe dich nicht. Vielleicht sieht es im Augenblick für dich so aus, als könntest du nicht mehr aufhören, in ein paar Monaten wird es vielleicht anders sein. Aber wenn du jetzt gehst, dann kannst du nicht mehr zurück, du schneidest dir selbst den Rückweg ab.«

»Es ist genau, wie bei einem LKW, den man zu weit in eine Sackgasse gefahren hat. Ich bin schon zu weit in der Sackgasse drin, ich kann nicht mehr wenden.«

»Aber man lässt doch in einer solchen Situation den LKW nicht in der Sackgasse stehen und wirft den Autoschlüssel weg, sondern man fährt den Wagen ganz langsam und vorsichtig rückwärts aus der Sackgasse heraus.«

»Hannah, ich habe mich so in die Sackgasse manövriert, dass ich nicht mehr rückwärts rausfahren kann.«

»Dann musst du dir beim Manövrieren aus der Sackgasse von jemanden helfen lassen.«

»Ich schaffe das nicht mehr. Der Wagen ist zu tief in der Sackgasse, viel zu tief.«

»Dann lass den Wagen von jemanden aus der Sackgasse herausfahren, der vielleicht besser LKW fahren kann als du. Und wenn der Wagen auf der anderen Straße steht, dann kannst du das Steuer wieder selbst übernehmen.«

»Ach, Hannah, vielleicht ist das mit dem LKW kein gutes Beispiel für meine Situation.«

»Doch, es ist ein sehr gutes Beispiel für deine Situation, ein hervorragendes Beispiel.«

»Hannah, es geht nicht!«

»Ich habe so eine große Angst um dich.«

»Ich werde schon auf mich aufpassen. Aber ich habe Angst um dich. Du machst doch keine Dummheiten, wenn ich weg bin, oder?«

»Ich weiß es nicht. Ich kann dir nichts versprechen.«

»Du darfst keinen Rückfall bauen, es wäre viel zu viel umsonst gewesen. Du musst trocken und clean bleiben, wenn ich es schon nicht schaffe. Versprich es mir!«

»Hey Jacko, wir müssten dann los«, quengelte der Praktikant der Übernachtungseinrichtung. Den hatten wir beide völlig vergessen.

Jascha schrie ihn an: »Du kannst verdammt noch mal die Schnauze halten oder draußen warten. Das hier dauert, so lange es dauert. Ich sag dir schon, wann wir fahren können.«

»Jascha, wenn du jetzt gehst, dann verliere ich dich für immer.«

Er nahm mich in den Arm und streichelte sanft über meine Wange. »Hannah, du verlierst mich nicht. Niemals! Wir werden immer sehr gute Freunde bleiben. Und ich werde immer für dich da sein, wenn du mich brauchst. Immer.«

Jascha legte die Schallplatte *You´ve Got a Friend* von *James Taylor* auf.

»Wann immer du mich brauchst, Hannah, bin ich für dich da. Dann schließt du einfach deine Augen und denkst ganz fest an mich. Ich werde es fühlen und dann denke ich ganz fest an dich, und das wirst du fühlen. So müssen wir uns niemals mehr trennen; so können wir immer zusammen sein.«

»Ja, genauso machen wir es. Und wenn du mich brauchst, dann denkst du an mich.«

»Ja. Und nächsten Dienstag kommst du mich besuchen. Wir treffen uns um elf Uhr im *Home*. Du musst aber auch kommen.«

»Natürlich komme ich.«

Er warf dem Praktikanten einen Blick zu und sie standen beide auf.

An der Tür umarmten wir uns lange und Jascha küsste mich.

»Jascha, bitte bleib! Ich liebe dich doch so sehr.«

Er strich mir sanft die Tränen aus meinem Gesicht.

»Ich liebe dich doch auch, Hannah.« Seine Augen waren prall gefüllt mit Tränen.

Ich liebe dich doch auch. Er hatte diese Worte noch niemals zu mir gesagt. Jetzt sagte er sie. Jetzt, wo alles zu spät war. Jetzt, wo es keine Zukunft mehr für uns gab.

»Pass gut auf dich auf, Jascha.«

»Du auch auf dich, Hannah. Bis nächsten Dienstag.«

»Bis Dienstag.«

Dann fiel die Tür ins Schloss und ich fühlte mich so allein wie noch nie zuvor in meinem Leben.

Als ich mich das letzte Mal von Jascha getrennt hatte, da war ich ganz sicher gewesen, dass es irgendwann erneut eine gemeinsame Zukunft geben würde. Aber jetzt war alles vorbei – für immer. Und ich wusste nicht, wie ich ohne Jascha leben sollte. Auch, wenn ich mir in der letzten Zeit ein gemeinsames Leben mit ihm nicht mehr vorstellen konnte, wegen der vielen Drogen, der zahlreichen Lügen, seiner Wutausbrüche und Eifersuchtsanfälle. Ein Leben ohne Jascha konnte ich mir noch viel weniger vorstellen.

Jascha war weg. Endgültig. Seit sechs Stunden, dreiundzwanzig Minuten und acht Sekunden.

In den letzten Wochen hatte ich mich immer wieder gefragt: Wie wird es sein, wenn er ausgezogen ist? Werde ich mich allein und einsam fühlen, wie ein Kleinkind, das seine ersten unsicheren Schritte wagt oder fühle ich mich wie neugeboren?

Jetzt wusste ich es: Es war schrecklich; derart trostlos hatte ich es mir nicht vorgestellt.

Seit dem Augenblick, als Jascha mich für immer verlassen hatte, putzte ich. Ein Zimmer nach dem anderen hatte ich geschrubbt, um seinen Geruch aus der Wohnung zu wischen. Aber immer noch roch ich ihn. Erst allmählich begriff ich, es war nicht sein Geruch, den ich roch, sondern meiner. Unsere Gerüche hatten sich in den Jahren vereint. Jascha war ein Teil von mir und ich war ein Teil von ihm geworden. Daher fühlte ich mich jetzt, als wäre mir meine rechte Körperhälfte amputiert worden. Aber auch unserer Wohnung waren das rechte Bein und der rechte Arm amputiert worden. Die Filetstücke fehlten. Die schönen alten Schränke, die Jascha mit so viel Eifer und Elan restauriert hatte. Die teure Stereoanlage. Seine selbst gemalten Bilder. Seine Bücher. Seine Musik. Überall hatte Jascha mir Lücken und Löcher hinterlassen. Sie starrten mich an und ihr Blick war strafend, fast vernichtend. Jede einzelne freie Fläche schrie mich an und beschuldigte mich. »Du bist schuld daran, dass er wieder drückt«, keifte die leere, weiße Wand, an der unser Küchenschrank gestanden hatte. »Du hättest ihn mehr lieben müssen. Was ist, wenn er stirbt?« Kleinlaut sagte ich: »Aber ich habe ihn doch geliebt, viel zu sehr.« »Nein, es war zu wenig, viel zu wenig«, schimpfte die weiße, große Fläche zurück. Die durch seine verschwundenen Bilder frei gewordenen blinden Wandflecken keiften: »Wenn du ihn so sehr geliebt hast, warum hast du dann nicht stärker um ihn gekämpft? Warum hast du ihn so schnell seiner Geliebten Heroin überlassen?« Ich wollte mich rechtfertigen und wandte ein, dass ich doch neun Monate um ihn gekämpft hätte, wie eine Löwin hätte ich gekämpft. Sie aber ließen es nicht gelten und legten nach: »Es war nicht genug, oder? Du hättest ihn retten müssen, stattdessen hast du ihn gehen lassen.« »Ja, es ist wahr, ich hätte ihn nicht gehen lassen dürfen, niemals«, gab ich klein bei. Während ich mich umzog, starrten mich auch im Kleiderschrank die vielen leeren Fächer kampfeslustig an. Und schon beschloss ich, sie so zu belassen. Jascha hatte vor, mich bald zu besuchen. Vielleicht kam er ja wieder zurück, dann würden seine Kleidungsstücke wieder an ihren alten Plätzen liegen.

Nach Stunden entschloss ich mich endlich, zu Bett zu gehen. Ich überlegte, auf welcher Seite des Bettes ich schlafen sollte. Auf meine angestammte Seite würde ich mich legen, dann konnte ich die Augen schließen und alles war, als wäre nichts geschehen. Außerdem blieb sein Platz frei, frei für ihn. Ich ging ins Bad, um meine Zähne zu putzen, auf dem Regal standen unsere Zahnputzbecher. In meinem Becher steckte meine Zahnbürste. Jaschas Zahnputzbecher war leer. Er hatte seinen Zahnputzbecher vergessen. Er hatte ihn vergessen. Die Tränen strömten meine Wangen hinab. Ich weinte. Ich schrie. Ganz hysterisch wurde ich. Ich dachte: Wo wird heute Nacht seine Zahnbürste stehen? Wessen Zahnputzbecher wird ihr Unterschlupf gewähren? Ich lag quer auf unserem Bett, auf *meinem* Bett, ich konnte mich noch nicht daran gewöhnen, dass es jetzt *mein* Bett war, *meine* Wohnung. Und ich flennte Rotz und Wasser. Genauso hatte ich dagelegen, nachdem ich ihn im Keller beim Drücken erwischt hatte. Jetzt fühlte ich Jaschas Hand, die sanft über meinen Kopf strich, um mich zu beruhigen. Er würde mir niemals mehr sanft mit seinen schlanken schönen Händen über meinen Kopf streichen. Ich war schuld. Wie konnte ich nur zulassen, dass er ging? Wie konnte ich das nur zulassen? Ich hätte es verhindern müssen, mit aller Kraft. In der letzten Zeit war ich mir manchmal nicht mehr sicher gewesen, ob ich ihn noch liebte. Aber jetzt, seit er weg war, wusste ich es: Ich liebte Jascha. Ich liebte ihn so sehr. Wie sollte ich ohne ihn leben?

Es war, als könnte ich nur mit seinen Augen sehen, mit seiner Lunge atmen, mit seinen Ohren hören, mit seiner Zunge schmecken, mit seiner Nase riechen, mit seinen Händen fühlen, mit seinem Mund sprechen, mit seinen Füßen gehen. Ich wusste: Ich werde ihn vermissen, so sehr, dass es wehtun wird. Nie wieder werde ich einen Menschen so sehr lieben, mit dieser Leidenschaft, mit dieser unbändigen Leidenschaft. Aber auch nie wieder werde ich so sehr an einer Liebe leiden. Denn diese Liebe zu Jascha war zu nah am Leiden, das Glück zu nah an der Trauer, der Himmel zu nah an der Hölle. Dazwischen gab es nichts. Nur das eine oder das andere. Vielleicht schafften wir es deshalb nicht, dieses gemeinsame Leben.

Entfernt erinnerte ich mich an unsere Streitereien, Jaschas Eifersuchtsdramen, seine Wutanfälle und die Lügen. Ich versuchte mir ins Gedächtnis zu rufen, wie sehr er mich verletzt hatte, immer wieder. Aber schon nach so wenigen Stunden begann das alles zu verblassen. Einzig und allein an dieses starke Gefühl der Liebe erinnerte ich mich, an seine tiefe Stimme, sein seltenes Lachen, die weichen Lippen, seine Unersättlichkeit beim Sex, diese Wärme und Leidenschaft. Wo war das andere hin, wieso löste es sich in Rauch auf, kaum dass er weg war? Hatte ich nicht gewollt, dass Jascha ging?

Zeitweise konnte ich es in den letzten Wochen gar nicht
erwarten, endlich allein zu sein. Und jetzt wusste ich nicht
mehr, warum wir uns überhaupt getrennt hatten.

8. Wer sich in Gefahr begibt ...

Meine Stelle im Jugendheim hatte ich gekündigt, noch während ich mit Jascha zusammen war. Fast alle Erzieherinnen, die in diesem Heim arbeiteten, waren alleinstehend. Kein Wunder, denn oft war man vier manchmal sogar fünf Tage rund um die Uhr im Dienst. Es war schwer, neben der Tätigkeit im Heim private Beziehungen zu pflegen, die gut funktionierten. Ich dachte, vielleicht hätte ich meine Stelle schon früher kündigen sollen und eine Arbeit annehmen, bei der ich ausschließlich tagsüber tätig gewesen wäre. Wer weiß, vielleicht hätte Jascha dann keinen Rückfall gebaut.

Jetzt war ich also arbeitslos. Einen neuen Arbeitsvertrag als Erzieherin hatte ich in einer Wiesbadener Kindertagesstätte schon unterzeichnet, für die Stelle bestand eine sechsmonatige Wiederbesetzungssperre. Ich hatte also sechs Monate für mich.

Endlich hatte ich die Zeit, all das zu tun, was ich immer schon tun wollte.

Leider wusste ich nichts mit mir und meiner freien Zeit anzufangen. Ich war eine Fremde in meinen eigenen vier Wänden.

Ich fuhr nach Wiesbaden. In der Innenstadt suchte ich nach einem Dealer. Am Marktplatz begegnete mir endlich ein Junkie. Ich fragte ihn, ob er mir etwas zu Rauchen verkaufen könne.

»Gras oder Haschisch?«

Ich kaufte mir zwei Gramm Haschisch.

Zu Hause suchte ich verzweifelt meine Pfeife und mein Schillum, beides hatte ich schon seit vier Jahren nicht mehr benutzt. Ich erhitzte das Haschisch. Ich hatte diesen süßlichen und gleichzeitig würzigen Duft schon immer geliebt. Dann vermischte ich die Krümel mit dem Tabak einer Zigarette und stopfte meine Pfeife. Das Haschisch tat mir gut. Es beruhigte mich.

Eine Woche nach Jaschas Auszug besuchte ich ihn wie vereinbart im *Home*.

Als ich um elf Uhr kam, stand Jascha schon vor der Tür der Einrichtung. Ich hätte mir gerne sein Zimmer angesehen, aber er wollte auf der Stelle von dort weg.

»Lass uns zur Parkinsel gehen.«

Gleichzeitig fragten wir uns: »Wie geht es dir?«

»Du zuerst«, sagte ich.

»Es geht mir gut. Hier ist es mit der Drogenbeschaffung sehr viel einfacher. Alle kennen mich und ich bin gleich wieder gut ins Geschäft hineingekommen.«

Man sah ihm den starken Drogenkonsum schon nach wenigen Tagen an.

»Na, das ist ja genau das, was du wolltest«, sagte ich.

»Ach, Hannah, ich wäre doch auch lieber clean geblieben.« Jascha biss sich auf die Lippen und zog die Nase hoch. »Erzähl, wie geht es dir?«

»Nach meiner Kündigung bin ich jetzt arbeitslos.« Ich erzählte ihm von meiner neuen Arbeitsstelle in der Kindertagesstätte in Wiesbaden, die ich aber erst in einem halben Jahr antreten würde.

»Jetzt kannst du ein halbes Jahr machen, was du willst und bekommst die ganze Zeit Arbeitslosengeld. Das ist doch toll.«

»Ja, ganz toll.«

»Deine Begeisterung hält sich in Grenzen.«

»Ja, ich weiß gerade nicht so wirklich, was ich mit mir anfangen soll. Du kannst mich ja besuchen, jetzt habe ich Zeit für dich.«

»Ja, ich komme dich besuchen. Versprochen.«

Wir gingen dann in eine Pizzeria und ich lud Jascha zum Essen ein. Sein gespartes Geld hatte er wohl schon alles in Drogen umgesetzt.

Zwei Wochen später kam Jascha tatsächlich zu Besuch. Er sagte, dass er sich umgemeldet und sein noch bestehendes Bankkonto aufgelöst habe. Ich hatte für ihn gekocht, sein Lieblingsessen und seinen Lieblingskuchen gebacken. Wir gingen Hand in Hand im Wald spazieren. Es war wunderschön, wir waren uns sehr nah. Diese Mauer, die zuvor zwischen uns gestanden hatte, war vollständig niedergerissen. Ich bat Jascha, nicht mehr zurückzufahren.

»Du weißt, dass ich gehen muss. Ich drücke wieder regelmäßig. Es ist zu spät zum Bleiben.«

In der Nacht lag Jascha neben mir im Bett. Seine Hand, wie immer in meiner, schlief er. Wie so oft lag ich noch lange wach. Ich fühlte es deutlich, es war das letzte Mal, dass wir beide so nebeneinander in einem Bett lagen. Er würde mich nicht mehr besuchen. Ich dachte: Nie wieder werden wir so nebeneinander liegen. Wie hätte ich in dieser Nacht schlafen können?

Am nächsten Morgen frühstückten wir schweigend zusammen. Danach verließ Jascha die Wohnung.

»Es tut mir doch auch weh«, sagte er an der Tür mit Tränen in den Augen. Ich spürte es. Ich sah es. Aber was nützte es? Jascha ging.

Lange hielt ich es nicht aus in der leeren Wohnung. Erneut fuhr ich nach Wiesbaden. Ich wollte mir wieder etwas zu rauchen kaufen. Aber der Junkie war nicht da. Es begann zu regnen und weit und breit fand ich keinen Dealer, nicht einmal ein einziger Junkie schien sich in der Innenstadt aufzuhalten. Enttäuscht fuhr ich wieder nach Hause. Jascha hatte ich nicht verraten, dass ich gekifft hatte. Vor seinem Besuch hatte ich meine Pfeife, das Schillum und die Blättchen versteckt.

Jetzt lag ich im Bett und stellte fest, dass ich es nicht aushielt in der Wohnung, in der ich überall Jascha sah, ihn fühlte und hörte. Ich musste weg. Mir kam der Einfall erneut nach Amsterdam zu fahren. Das war so eine verrückte Idee von Jascha und mir gewesen. Als er schon ein Jahr clean war, fuhren wir zusammen für ein verlängertes Wochenende nach Amsterdam. Wir wollten die vielen Museen besuchen und besonders die Bilder der holländischen Maler interessierten uns. Allerdings begriff ich nach einigem Nachdenken, dass es vielleicht keine gute Idee war, mit einem Ex-Junkie nach Amsterdam zu fahren, aber mein Freund war nicht mehr von der Reise abzubringen.

Zunächst kaufte ich mir ein Zugticket nach Amsterdam, dann packte ich meinen Rucksack.

Los ging es am Karfreitag. Ich dachte, ich werde schon irgendwo einen Platz finden, um meinen Schlafsack auszurollen.

Am frühen Nachmittag kam ich an, schnurstracks ging ich zu dem Hotel, in dem ich mit Jascha übernachtet hatte. Das Einzelzimmer war mir aber viel zu teuer. Ich dachte, ich finde schon noch etwas anderes. Die meisten anderen Hotels waren entweder ausgebucht oder die Zimmer waren noch teurer. Ich versuchte mein Glück auf einem Hausboot, aber sogar dort war kein Platz mehr. Ich bekam eine Telefonnummer, rief an und fuhr quer durch Amsterdam. Aber als ich endlich in dieser Herberge ankam, war auch dort kein Bett mehr frei. Also fuhr ich genervt wieder in die Innenstadt. Erneut fragte ich in dem Grachtenhotel, in dem ich mit Jascha vier Nächte verbracht hatte, aber inzwischen war es bis auf das letzte Bett ausgebucht. Ich reservierte ein Zimmer ab dem nächsten Tag, für alle Fälle.

Unzählige Hotels klapperte ich ab. Ich wäre jetzt bereit gewesen, eine Menge Geld für ein Zimmer zu bezahlen. Aber nirgends war ein Bett oder auch nur ein Schlafplatz frei. Inzwischen war es nach ein Uhr. Ich war durstig und hungrig. Während ich am Dam vorbeilief, wollte mir ein farbiger Dealer Shit verkaufen. Ich sagte ihm auf Englisch: »Alles, was ich brauche, ist ein Hotelbett.«

»Ein Bett ist kein Problem.« Er lachte. »Los, wir gehen etwas trinken und essen. Du hast Hunger, oder?«

Eigentlich wollte ich nicht mit ihm gehen. Ich sah, dass er ein Junkie war. Ein Drogendealer vom Dam. Ich hatte tatsächlich Durst und Hunger, also was konnte schon passieren, wenn ich kurz mit ihm ging? Vielleicht hatte er ja einen guten Tipp für mich.

Er sagte, ich könne bei ihm übernachten. Mit seinem Bruder würde er über der Wohnung seiner Familie eine größere Mansarde renovieren. Die Wohnung sei noch nicht ganz fertig, aber ich könnte dort gut übernachten, kostenlos und völlig allein, wenn ich das wollte.

Allein klang gut. Aber konnte ich einem Drogendealer vom Dam vertrauen?

Ich tat es. Allerdings hielt ich mich selbst für verrückt. Aber Jonny aus Eritrea, das sei sein Spitzname, sein echter Name sei unaussprechlich, machte einen vertrauenserweckenden Eindruck auf mich, irgendwie.

Wir fuhren dann mit einer Straßenbahn in die Außenbezirke von Amsterdam, stiegen um in eine andere Bahn. Es dauerte eine Ewigkeit. Dann wieder eine neue Bahn. Jedes Mal dachte ich, jetzt müssten wir in der richtigen Trabantenstadt angekommen sein, aber es war noch nicht die richtige, stattdessen stiegen wir nur wieder um. Alle Wohnblöcke dieser Gettos sahen gleich aus. Inzwischen hielt ich mich doch für verrückt, nachts stundenlang mit einem Drogendealer durch die Vorstädte von Amsterdam zu fahren.

Endlich gingen wir los. Auch hier sahen all die riesigen Wohnblocks gleich aus. Dann öffnete Jonny eine Haustür. Oben vor der Wohnungstür musste ich kurz warten, weil er den Schlüssel für die Mansarde holte. Dann ging er mit mir nach oben. Ich hatte Schiss. Auf was hatte ich mich da nur eingelassen? Der konnte jetzt alles Mögliche mit mir machen: mich vergewaltigen, anfixen, eine Horde Männer in diese Mansarde bringen, was weiß ich. Ich musste verrückt sein.

Jonny zeigte mir alle leeren Räume und sagte dann: »Wenn du willst, dann schlafe ich auch hier, du weißt schon, was ich meine. Aber du kannst auch gerne alleine hier schlafen. Es ist deine Entscheidung.«

»Sei mir nicht böse, du bist sehr lieb, aber ich bin völlig müde und würde gerne allein hier schlafen.«

Er lachte. »Geht in Ordnung. Ich wünsche dir eine gute Nacht. Ich weck dich dann morgen zum Frühstück.«

Ich bedankte mich bei meinem Gönner.

Dann war Jonny weg. Ich war tatsächlich allein. Das war anscheinend noch einmal gut gegangen.

Ich rollte mich in meinen Schlafsack und schlief sofort ein.

Am nächsten Morgen kam Jonny um neun Uhr. Ich ging mit ihm in die Wohnung darunter. Dort stellte er mir seinen Bruder vor, auch ein Junkie. Auf dem Tisch lagen etliche Gramm Heroin und Kokain, eine Spritze, eine Zitrone, ein Löffel und ein Gürtel. Jonny raunte seinen Bruder an, er soll gefälligst das Zeug wegräumen. Dann servierte er Kaffee und Marmeladenbrot. Jonny bot mir an,

meinen gesamten Urlaub in der Mansarde zu verbringen.
Er schrieb mir seinen Namen und die Adresse auf. Ich bedankte mich vielmals, gab ihm aber keine direkte Antwort
auf sein Angebot. Ich hatte nicht vor, noch einmal hier
aufzukreuzen. Beim nächsten Mal würde ich garantiert
nicht ungeschoren davonkommen.

Von dem Stadtrandgetto, in dem ich gelandet war, machte
ich mich wieder auf in Richtung Innenstadt. In *unserem*
Grachtenhotel hatte ich ab heute für drei Tage ein Einzelzimmer reserviert. Meine Reisetasche musste ich erst im
Bahnhofsschließfach abholen, denn gestern war ich nur
mit Schlafsack und kleinem Gepäck unterwegs gewesen.

Ich bekam im Hotel ein Zimmer mit dem gleichen Ausblick wie damals, allerdings wohnten Jascha und ich einen
Stock tiefer. Ich räumte meine Klamotten in den Schrank
und dann hielt ich es nicht mehr aus. Ich musste raus. Als
Erstes kaufte ich mir Shit, dann ging ich etwas essen. Eigentlich wollte ich noch einige Museen besuchen. Aber ich
hatte keine Lust. Ich ging ins Hotel zurück. Auf meinem
Zimmer probierte ich sofort das Haschisch aus. Echt irre,
das war ja Wahnsinnsdope. Im Bett liegend rauchte ich
zwei Joints hintereinander. Danach war ich so stoned, dass
ich gleich im Bett blieb. Erst am Abend wachte ich wieder
auf. Ich überlegte, was ich jetzt unternehmen konnte, aber
ich war einfach zu faul und zu traurig, um mich auch nur
einen Meter zu bewegen. Immer wieder musste ich an die
Zeit denken, als ich mit Jascha hier war. Die gleiche Einrichtung des Zimmers, der gleiche Ausblick und Geruch,
die gleichen Geräusche – wie damals. Einzig Jascha fehlte.
In unserem Urlaub hatten wir keine Drogen genommen, aber natürlich schob Jascha beim Anblick der vielen
Junkies einen riesigen Affen. Ich nahm einen Bogen Hotelbriefpapier und schrieb darauf in Großbuchstaben: NO

DRUGS! Damit machte ich eine Ein-Frau-Demo in unserem Hotelzimmer. Immerhin schaffte ich es, Jascha zum Lachen zu bringen. Nach meiner Demo zog er mich aufs Bett und sagte: »Komm schon, du weißt doch, wie du meinen Affen zähmen kannst.« Jetzt fühlte ich wieder diese Wärme und Leidenschaft, mit der wir uns damals geliebt hatten. Erneut flennte ich Rotz und Wasser. Jascha! Jascha! Ich brauche dich. Ich will dich. Diese Sehnsucht nach ihm konnte ich fast nicht aushalten.

Nach dem Frühstück mit dem pappigen Toast rauchte ich erst mal wieder einen Joint, dann machte ich mich auf und besichtigte die Museen, die ich schon einmal gemeinsam mit Jascha besucht hatte. Am Abend aß ich in *unserem* marokkanischen Restaurant Couscous. Ich war so eine sentimentale Kuh, ich hielt mich selbst nicht mehr aus.

Am nächsten Morgen beschloss ich, früher abzureisen. Ich packte meinen Rucksack und bestieg den Zug nach Frankfurt. Kurz vor der Grenze rauchte ich mit meinem Zugnachbarn meinen letzten Joint, weil ich Angst hatte, dass die Polizei mich an der Grenze filzen könnte. Die Annahme war nicht so verkehrt gewesen. An der Grenze wühlten sie ewig in meiner Reisetasche rum, fanden aber nichts.

Ich war nach Hause geflohen, aber auch hier in der Wohnung begegnete ich Jascha. Ich sah ihn auf dem Küchenstuhl sitzen, im Bett liegen, durch die Zimmer gehen, ständig hörte ich seine Stimme, roch seinen Lieblingstabak, spürte seine Hand in meiner, fühlte, wie er mich liebte. Und dann fasste ich einen Entschluss: Ich werde Jascha zurückholen. Ich wollte ohne ihn nicht leben. Ich konnte nicht ohne ihn leben. Ich brauchte ihn wie die Luft zum Atmen. So viele Worte hatte ich mir für ihn zu Recht gelegt. Ich wollte einen letzten Versuch wagen und ihm sagen: Jascha, komm endlich wieder nach Hause. Ich verabredete mich mit ihm.

Voller Hoffnung fuhr ich nach Ludwigshafen. Am Berliner Platz war Jascha nicht. Ich wartete eine Stunde bis zwölf Uhr am vereinbarten Treffpunkt, dann ging ich zu dem Wohnblock, in dem seine Mutter wohnte. Aus dem *Home* war Jascha inzwischen rausgeflogen. Ich nahm an, dass er dort gedealt hatte. Ich klingelte bei seiner Mutter, die Haustür wurde nicht geöffnet. Als eine Frau vom Einkaufen kam, schlüpfte ich hinter ihr durch die Haustür. Eine Ewigkeit läutete und klopfte ich im zweiten Stock an der Wohnungstür. Gerade hatte ich mich endgültig damit abgefunden, dass er nicht da war, da hörte ich Geräusche in der Wohnung. Wieder klopfte und klingelte ich, dann öffnete mir Jascha mit verschlafenen Augen und nur mit einer Unterhose bekleidet die Tür.

Er sagte in barschem Ton: »Geh in die Küche!«

Ich ging ihm aber nach in sein Zimmer. Dort stand eine Frau, nackt, wohl eher ein Mädchen, höchstens sechzehn oder siebzehn.

Ich murmelte: »Verzeihung« und verschwand in die Küche.

Ich hörte, wie Jascha zu ihr ungeduldig sagte: »Zieh dich endlich an und dann geh!«

Er kam angezogen in die Küche, setzte sich an den Küchentisch mir gegenüber, drehte sich eine Zigarette, und sagte: »Ich habe jetzt Augen für eine andere.«

Alle meine Worte, die ich mir zurechtgelegt hatte, um Jascha zurückzuholen, platzten mit einem lauten Knall wie ein viel zu prall aufgeblasener Luftballon. Nur noch diesen ungeheuerlichen Satz konnte ich denken: »Ich habe jetzt Augen für eine andere.«

Vielleicht war es diese altmodische, schöne Art, in der Jascha manchmal sprach, die mir die Luft raubte. Ich hätte es nicht so ernst genommen, wenn er gesagt hätte: »Ich stehe auf sie, die Kleine macht mich an«, oder etwas in dieser Art.

Nachdem ich mich etwas erholt hatte, sagte ich: »Wieso schickst du sie weg, ohne Frühstück, sogar ohne ihr eine Tasse Kaffee anzubieten, wenn du jetzt Augen für sie hast? Du solltest sie besser behandeln. Ich würde mir das nicht gefallen lassen.«

Jascha sah mich lange an, dann sagte er: »Hannah, mit dir würde ich so etwas niemals machen.«

»Sie ist so hübsch, deine Kleine, fast noch ein Kind. Wie kommst du nur immer an diese hübschen jungen Dinger ran?«

»Sie liebt mich. Sie lieben mich alle.« Jascha schüttelte den Kopf. »Quatsch, ich weiß, dass sie mich nicht lieben. Sie fühlen sich magisch angezogen durch das Morbide, die Nähe zum Tod, das ist es, was sie reizt: meinen Tanz mit dem Tod. Sie lieben alle nur den Junkie in mir.«

»Den Junkie?«, fragte ich verwundert. »Ich liebe vielmehr den Ex-Junkie in dir und deinen Tanz mit dem Leben.«

Jascha lachte und nahm mich in den Arm: »Ach, Hannah!«

Später kam seine Mutter von der Arbeit nach Hause. Sie hatte Kuchen für uns drei mitgebracht und stellte die Kaffeemaschine wieder an. Als wir bei Kaffee und Kuchen saßen, erkundigte sie sich, ob ich Jascha nicht wieder mitnehmen wolle. Ich sagte ihr, dass ich glaube, dass er nicht mitkommen will.

Später spazierten wir Hand in Hand über die Schneckennudelbrücke zur Parkinsel.

Abends fragte ich Jascha, ob er zu seiner Geliebten gehen wird, wenn ich gefahren bin. Er wollte wissen, ob ich die Kleine von heute Morgen meine.

Ich sagte: »Nein, ich meine deine Geliebte Heroin.«

»Ja, natürlich. Es tut so verdammt weh, dich gehen zu lassen. Ich werde mich zuballern, dann ist es leichter zu ertragen.«

Ich wusste, ich müsste ihm jetzt endlich sagen, dass er mit nach Hause kommen soll, aber ich konnte es nicht. Ich hatte eine unermessliche Angst, dass er wieder nein sagen würde. Dieser Satz von heute Morgen hämmerte unaufhörlich in meinem Kopf: »Ich habe jetzt Augen für eine andere.«

Ich fuhr allein zurück.

Jahre später fragte er mich, warum ich ihn nicht wieder mit nach Hause genommen hätte. Ich erzählte ihm die Geschichte und er sagte: »Diese Frau hat mir nichts bedeutet, ich weiß gar nicht mehr, wie sie hieß. Ich wollte dich wohl nur provozieren.«

Ich hatte Angst, dass ich die allerletzte Chance verpasst hatte, Jascha zurückzuholen. Ich fuhr wieder nach Wiesbaden und diesmal musste ich nicht lange suchen. Der Junkie, von dem ich schon einmal Haschisch gekauft hatte, stand wieder an der gleichen Stelle. Ich deckte mich erneut ein, diesmal kaufte ich fünf Gramm Haschisch und nahm auch noch zwei Schachteln Schlaftabletten mit, die er heute im Angebot hatte. Ich dachte: Wenn Jascha das wüsste! Ich hatte ihm nichts von meinem Drogenkonsum erzählt. Er wusste nur, dass ich in Amsterdam war, in *unserem* Hotel.

Ich legte mich bekifft ins Bett und drückte zwei starke Schlaftabletten aus der Folie. Ich schluckte sie und spürte kurze Zeit später dieses eisige Gefühl im Hals, das Bitzeln

auf der Zunge, dann die Wärme im Bauch und den dicken
Nebel im Kopf. Ehe ich das Gefühl tatsächlich genießen
konnte, schlief ich ein und wachte erst am nächsten Morgen wieder auf.

Seit fünf Tagen war ich inzwischen nicht mehr vor der Tür
gewesen. Ich blieb einfach im Bett liegen. Ich war krank.
Ich pflegte meine Sehnsucht nach Jascha und meine Traurigkeit wie eine chronische Krankheit. Vielleicht hätte ich
mit der Trennung warten sollen, bis er mich betrogen und
bestohlen hätte. Dann könnte ich ihn hassen und der
Schmerz wäre nicht so stark.

Warum konnte ich die Vergangenheit nicht ruhen lassen? Warum kratzte ich immer wieder den Schorf von dieser Wunde und war erst zufrieden, wenn so viel Blut floss,
welches ich dann nicht stillen konnte? Warum konnte ich
Jascha nicht einfach vergessen? Warum nicht nach vorne
schauen und etwas Neues beginnen? Warum musste ich
immer in der Vergangenheit leben? Vielleicht brauchte ich
diesen Schmerz, mit dem Leiden kannte ich mich aus, auf
diesem Schmerzterrain war ich zu Hause. Bevor ich weitere Überlegungen über mein verkorkstes Leben anstellen
konnte, zündete ich mir einen neuen Joint an und drückte
einige Schlaftabletten aus der Folie.

Auf keinen Fall würde ich mich aus dem Bett erheben,
solange ich noch Dope und Pillen hatte. Die Klospülung
der alten Frau im ersten Stock und das Schlagen der Haustür waren meine einzigen Verbindungen zur Außenwelt.
Ich wollte das Bett nicht mehr verlassen. Und schon gar
nicht das Haus. Ich hatte Angst, Angst, mich auch nur einen Schritt nach draußen zu wagen. Mein mangelndes
Selbstvertrauen, meine Minderwertigkeitsgefühle, die
Angst vor fremden Menschen, alles war zurück. All diese
Ängste, diese Einsamkeit und Leere, alles war wieder da.

Als wäre ich wieder fünfzehn oder sechzehn Jahre alt. Mein Leben war sinnlos, ohne Jascha. Aber er hatte jetzt Augen für eine andere. Neben meinem Bett lag eine volle Packung Schoko-Orangen-Stäbchen, die mit einer klebrigen Zuckerflüssigkeit gefüllt waren. Das mit uns war eine Hassliebe. Sobald ich einen Stick gegessen hatte, konnte ich nicht mehr aufhören, hinterher war mir schlecht. Aber ich brauchte diese widerliche Süße, dieses künstliche Zeug. Ich aß fünf Stäbchen. Zuerst lutschte ich die Schokolade ab, dann biss ich die Zuckerkruste durch und genoss, wie die süße pappige Zucker-Orangen-Lösung in meinen Mund floss. Ich aß noch drei Sticks, dann wurde ich wütend. Dies war das Einzige, was mir geblieben war, dieser billige Liebesersatz. Mein ganzes Leben hatte ich zerstört. Den Mann, den ich liebte, hatte ich vertrieben, für immer. Er würde niemals mehr zurückkommen. Niemals! Ich wurde von einem heftigen Weinkrampf geschüttelt. Da, die restlichen Schoko-Orangen-Stäbchen auf dem Nacht-tisch. Ich nahm die Schachtel und knallte sie mit voller Wucht gegen die Wand. Fünf Stäbchen blieben in kleinen Stückchen an der Wand kleben. Dicke Schlieren der süßen gelben Flüssigkeit schlängelten sich über die elfenbeinfarbene Tapete nach unten. Die Schachtel war auf den Nacht-tisch gefallen, ich knallte sie mit den restlichen Stäbchen auf die Erde. Meine Wut auf mich selbst war grenzenlos. Jetzt stand ich auf und ging in die Küche. Unter der Spüle standen zwei angeschlagene Tassen. Ich warf zuerst die grüne und dann die blau-geblümte Tasse mit ganzer Kraft gegen die freie Wand, an der unser Küchenschrank gestan-den hatte. Die Scherben verteilten sich überall in der Kü-che. Meine Wut jedoch war immer noch ein Orkan. Nun nahm ich meine Lieblingsteetasse vom Regal, weißer Un-tergrund mit schwarzen chinesischen Schriftzeichen, eine wunderschöne hauchdünne Teetasse aus Bone China

Porzellan. Ich liebte diese Tasse. Ich hatte sie mir nach meinem Geburtstag vor anderthalb Jahren gekauft, nachdem mir Jascha eine ganz tolle Überraschung versprochen und mir dann gesagt hatte, er hätte vergessen, mir ein Geschenk zu kaufen. Diese Tasse hatte ich mir quasi als Entschädigung zugelegt. Ich stellte sie auf den Tisch und sah sie eine Zeitlang an, als würde ich ihr noch einen letzten Wunsch vor ihrer Hinrichtung gewähren. Mit voller Wucht knallte ich auch sie gegen die Wand. Meine Lieblingstasse war in tausend klitzekleinen weißen Scherben auf dem Küchenfußboden verstreut. Aber es war nicht meine Lieblingstasse, die in Scherben auf dem Boden lag. Es war mein in Trümmern liegendes Leben, die Liebe meines Lebens, die ich beweinte. Ich hatte alles zerstört. Alles!

9. ... kommt darin um

Ich muss raus aus dieser Wohnung, dachte ich am nächsten Tag. Sofort! Sonst werde ich verrückt. Nach einigen Überlegungen entschloss ich mich, nach Südfrankreich zu trampen. Allein als Frau an die Côte d'Azur zu trampen, das war exakt die Herausforderung, die ich jetzt brauchte. Das würde mich auf andere Gedanken bringen. Mit Jascha zusammen war ich vor neun Monaten auch nach Südfrankreich getrampt. Die Strecke kannte ich also schon. Ich kaufte mir ein leichtes Ein-Frau-Zelt, den Campingkocher hatte ich noch von unserem gemeinsamen Urlaub. Erwartungsvoll packte ich meinen Rucksack.

In Wiesbaden kaufte ich am Tag vor meiner Abreise noch Verschiedenes für die Reise ein. Erst gegen zwanzig Uhr öffnete ich den Briefkasten. Überrascht hielt ich ein Schreiben von einem Gerichtsvollzieher für Jascha in den Händen. Er teilte mit, dass er am nächsten Tag meine Wohnung mit Polizeigewalt aufbrechen würde, wenn niemand zu Hause sei. Zum Glück hatte der Mensch seine private Telefonnummer in dem Brief hinterlassen. Ich rief ihn sofort an und teilte ihm mit, dass Jascha schon vor einigen Monaten ausgezogen sei. Ich log für ihn und sagte, dass mir seine augenblickliche Anschrift nicht bekannt sei. Na, das wäre ein Spaß geworden, wenn die meine Wohnung in meiner Abwesenheit aufgebrochen hätten. Bei Jaschas letztem Besuch hatte er mir hoch und heilig versichert, dass er sich morgens im Einwohnermeldeamt abgemeldet hätte. Das war genauso gelogen gewesen, wie seine Aussage, dass er sein Konto bei der Sparkasse aufgelöst hätte. Jaschas Kontoauszüge kamen weiterhin an meine

Adresse. Darin konnte ich nachlesen, dass er am Tag seines Besuchs lediglich so viel Geld abgehoben hatte, wie er bekommen konnte. Ich hatte eine riesige Wut auf meinen Exfreund. Aber davon ließ ich mir meinen Urlaub nicht verderben.

Am nächsten Morgen stand ich um sieben Uhr auf der Autobahnauffahrt. Ich musste nicht lange warten, bis ein Lastwagenfahrer anhielt. Er fuhr bis Heidelberg. Es war ein schmieriger Typ, der mich immer wieder abcheckte. Ich musste an den dicken Türken denken, der mich zwei Wochen zuvor beim Trampen von Wiesbaden aus mit in den Taunus genommen hatte. Er war in den Wald gefahren. Dort hatte ich ihn angeschrien, er soll auf der Stelle weiterfahren. Seine Antwort war: »Du nix ficki ficki, du ausländerfeindlich.« Ich drohte ihm mit einigen Türken, die ich gar nicht kannte, und er bog schnell wieder auf die Straße ab und entschuldigte sich vielmals.

Im Industriegebiet in Eppelheim lud der Brummifahrer seine Ware ab. Es dauerte ewig, aber er hatte versprochen, mich dann direkt an die Autobahnauffahrt zu fahren.

Als er wieder einstieg, kam zuerst die Frage: »Sollen wir uns nicht doch ein schönes Stündchen im Hotel machen?«

Ich reagierte ziemlich sauer und sagte ihm sehr bestimmt, was ich wollte. Ich dachte: Die Männer müssen es halt alle bei einer jungen Frau probieren, aber wenn ich ihnen klar sage, was Sache ist, dann geben sie alle sehr schnell klein bei. Diese Erfahrung hatte ich bisher immer gemacht. Zudem war ich alles andere als aufreizend gekleidet. Und ich dachte, wenn sich eine Frau nicht aufreizend anzieht und kein Opfertyp ist, dann besteht auch keine Gefahr, dass man als Frau vergewaltigt wird. Eine Frau muss nur selbstsicher auftreten, dann bekommen die Männer schnell Schiss. Und mir konnte sowieso nichts passieren, bis jetzt war schließlich immer alles gut gegangen, sogar in Amsterdam.

Der Brummifahrer schenkte mir noch eine Cola bevor er mich direkt an der Autobahnauffahrt aus dem Auto ließ. Na also, geht doch, dachte ich.

Ich wartete fünfzehn Minuten, bis ein Mercedes anhielt. Im Wagen saß so ein älterer Managertyp im Anzug mit Krawatte. Er wechselte gleich den Musiksender von Klassik auf Rockmusik. Dann fragte er mich, wo ich hinwolle, und wir unterhielten uns über Südfrankreich. An einer Raststätte lud er mich zum Mittagessen ein. Danach nahm er mich mit bis Karlsruhe.

Dort kam ich nicht so schnell weg, weil ich vor einer Baustelle stand. Nach einer Stunde fuhr ein bunt angemalter VW-Bus an mir vorbei. Als das Auto schon ein Stück weg war, stoppte es, ein Typ streckte seinen Kopf raus und winkte wild. Ich lief los. Mein schwerer Rucksack hinderte mich allerdings an einem schnellen Vorankommen. In dem Wagen saßen drei wilde Typen. Sie fuhren bis nach Mulhouse. Mein Nebenmann stellte sich als Tim vor und baute gleich einen dicken Joint. Ich wollte wissen, was das denn für eine wahnsinnig tolle Musik sei, die aus den großen Lautsprechern dröhnte.

»*Embryo.*«

Der Sound gefiel mir, die Musik klang irre, eine Mischung zwischen Pop und afghanischem Geleiere, verwoben mit allen möglichen Musikstilen. Wir rauchten einen Joint nach dem anderen und irgendwann musste der Fahrer erst mal eine längere Rast auf einem Parkplatz einlegen, weil er nicht mehr geradeaus fahren konnte. Das war echt ein Teufelszeug. Ich hatte das Gefühl, Richtung Frankreich zu schweben.

Ich fand es sehr schade, dass unsere gemeinsame Fahrt in Mulhouse endete.

Jetzt stand ich an einer Straßenkreuzung und hatte Angst, gleich nass zu werden. Der Himmel überzog sich augenblicklich mit schwarzen Wolken. Es wurde immer bedrohlicher. In wenigen Minuten schien die Welt unterzugehen. Plötzlich war es schwarze Nacht. Über mir braute sich ein gewaltiges Sommergewitter zusammen. Vielleicht hätte ich mir besser ein Zimmer suchen sollen, aber dafür war es jetzt zu spät. Weit und breit nur Straßen, kein einziges Haus. Inzwischen begann es zu tröpfeln. Es würde nicht mehr lange dauern und ich wäre klatschnass. Alle Autos fuhren mit Licht. Ein erster Blitz durchzuckte grell und beängstigend die Landschaft. Mit dem lauten Grollen begann es abrupt in Strömen zu regnen. Der heiße Asphalt dampfte und ich atmete für eine Sekunde die gereinigte Luft, bevor mir der Starkregen fast die Luft zum Atmen nahm.

In dieser Sekunde hielt ein klappriger Wagen neben mir. Eigentlich wollte ich nicht einsteigen. Der Fahrer war etwa dreißig Jahre alt, schwarze Haare, dunkler Teint. Er lachte und zeigte immer wieder in den Himmel und winkte mich in sein Auto. Irgendetwas hielt mich zurück, es war so ein Bauchgefühl. Ich wurde immer nässer.

Er sagte, er fahre in einen kleinen Ort, zwanzig Kilometer hinter Belfort. Ich stieg dann doch ein. Ich wusste nicht, was ich sonst hätte machen sollen. Meine langen nassen Haare klebten wie eine Haube an meinem Kopf. Der Typ zauberte von irgendwoher ein schmuddeliges Handtuch hervor und ich versuchte, damit meine Haare zu trocknen. Wir lachten. Alle Autos fuhren rechts ran. Die Scheibenwischer schafften den Wolkenbruch nicht mehr. Jetzt war ich froh, dass ich in sein Auto eingestiegen war. Mein Französisch war nicht das Beste, aber meist schaffte ich es, das, was ich sagen wollte, zu umschreiben oder wild gestikulierend zu erklären. Der Fahrer hieß Luc, er lud mich in einer Kneipe zu einem Kaffee ein. Dort erfuhr ich, dass er Algerier war und in einem Ort hinter Belfort wohnte. Er schlug vor, ich könne mit in seinen Wohnort kommen, dort würde es eine nette billige Pension geben. Ich fand, das klang gut.

Als wir weiterfuhren, dämmerte es schon. Kurz hinter Belfort bog Luc von der Hauptstraße ab, ich fragte ihn, was das soll. Er sagte, ich müsse keine Angst haben, dies sei nur eine Abkürzung. Die Straße wurde immer kleiner, inzwischen war sie nur noch so breit wie ein Auto. Hatte mich mein anfängliches Bauchgefühl doch nicht getäuscht oder war ich nur etwas hysterisch? So langsam war mir das Ganze nicht mehr geheuer. Hier waren nur noch Felder und weit und breit war kein Mensch mehr zu sehen. Wieder bog er ab und fuhr auf einen Feldweg. Ich wurde sauer und sagte ihm, dass er sofort zurückfahren soll auf die Straße.

Er behauptete immer nur: »Abkürzung, keine Angst, nur eine Abkürzung.«

Ich sagte ihm, dass ich keine Abkürzung will. Dann hielt er an.

»Ist doch nicht so schlimm, es macht doch Spaß.«

Ich begann, auf Französisch zu schimpfen. Ich sagte ihm, dass er auf der Stelle zurück zur Straße fahren soll. Aber es sah nicht so aus, als ob er sich von mir beeindrucken lassen würde. Ich stieg aus, öffnete die hintere Wagentür und nahm meinen Rucksack aus dem Auto. Jetzt wurde er sauer, richtig sauer. Noch bevor ich den Rucksack auf meinen Rücken hieven konnte, war er zur Stelle und wollte mir meinen Rucksack aus der Hand reißen. Ich klammerte mich an ihm fest. Luc stieß mich um und ich lag im vom Regen aufgeweichten Feld. Als ich fluchend wieder auf die Beine kam, hatte er meinen Rucksack im Kofferraum eingeschlossen.

Verdammt! Was sollte ich jetzt tun? Wie kam ich hier wieder heil heraus? Und ich war mir doch so sicher gewesen, dass mir nichts passieren konnte.

Immer wieder sagt er: »Je t'aime, je t'aime.«

Ich aber schrie, schimpfte, drohte, fauchte und bellte. Wir stritten eine gefühlte Ewigkeit. Das heißt, ich stritt mich mit ihm.

Er sah mich nur ungerührt an und wiederholte immer wieder: »Je t'aime, je t'aime.«

Irgendwann wurde auch er langsam sauer und wollte, dass ich endlich ins Auto einstieg. Genau das wollte ich aber nicht. Weit und breit war keine Menschenseele zu sehen. Ich hätte mir die Kehle aus dem Leib schreien können, hier würde mich garantiert niemand hören. Mist! Warum hatte ich mir nicht schon vorher eine Möglichkeit zum Übernachten gesucht?

Wir stritten uns weiter. Ich wollte jetzt endlich meinen Rucksack. Dieser Luc aber wollte endlich etwas anderes. Inzwischen war es dunkel geworden. Er hielt mich mit beiden Händen fest und zwang mich, mich ins Auto zu setzen. Bis er auf der anderen Seite in den Wagen eingestiegen war, war ich aber wieder draußen. Ich lief weg. Er holte mich ein und schlug mir ins Gesicht. Ich fiel nach hinten ins Feld. Schon wieder lag ich in diesem nassen Schlamm. Er half mir hoch und redete ruhig auf mich ein. Dann schüttelte er mich kräftig.

»Ich habe jetzt endgültig die Schnauze voll. Du kannst es mit Gewalt haben oder ohne. Die Entscheidung liegt ganz bei dir. Aber entscheide dich schnell, meine Geduld mit dir ist zu Ende!«

Dieser Mann war stärker als ich. Außerdem war er schneller als ich. Ich konnte nicht mehr. Ich hatte keine Kraft mehr, mich zu wehren. Ich war müde, so unendlich müde. Noch einmal schrie er mich an und schüttelte mich.

Seine schwarzen Augen glühten jetzt vor Wut, sein Gesicht war wie versteinert und er hob zornig die Hand. Diesmal würde er keine Rücksicht mehr nehmen. Sein Schlag würde sitzen. Bevor er mich erneut ins Gesicht schlagen konnte, setzte ich mich ins Auto. Er machte mir klar, dass ich meine Hose ausziehen soll. Seine riss er blitzschnell runter. Ich sollte noch einmal aussteigen, er klappte den Sitz nach hinten. Dann setzte ich mich wieder ins Auto. Er legte sich auf mich drauf und steckte seinen mickrigen Schwanz in mich rein. Und auf der Stelle kam er. Das Ganze hatte nur eine einzige Minute gedauert. Wahrscheinlich hatte ihn meine Gegenwehr so erregt, da brauchte er nicht mehr lange. Ich atmete tief durch und zog meine Unterhose und die Jeans wieder an. Da hatte ich Glück gehabt, das hätte noch viel schlimmer kommen können, dachte ich. Jetzt wollte ich endlich meinen Rucksack.

Aber Luc faselte schon wieder davon, dass ich so hübsch sei und dass er mich liebte. Wie kam ich hier nur wieder raus? Endlich fuhr er auf die richtige Straße, aber in einer kleinen Ortschaft parkte er. Ich wollte erneut meinen Rucksack.

Er tat kund: »Es war anstrengend mit dir. Ich habe Hunger und du sicher auch. Wir gehen jetzt etwas essen.«

Ich sagte ihm, dass ich keinen Hunger hatte.

Ich dachte, vielleicht kann ich in dem Restaurant die Polizei anrufen. Wir landeten in einem algerischen Restaurant. Alle kannten ihn. Tja und jetzt? Was sollte ich tun?

Keinen einzigen Bissen bekam ich runter. Ich wollte weg. Sofort. Aber ohne meinen Rucksack war ich nicht bereit, zu gehen. Auf keinen Fall. Aber ich wollte, dass das hier alles aufhören sollte, sofort.

Es dauerte eine Ewigkeit, bis wir aufbrachen.

Dieser Mensch sagte: »In meinem Wohnort bekommst du deinen Rucksack.«

Dort hielt er vor einer heruntergekommenen Pension. Wir stiegen aus. Ich sollte mitkommen. Aber ohne meinen Rucksack ging ich keinen Schritt. Endlich holte er ihn aus dem Kofferraum.

Er setzte sich meinen Rucksack auf den Rücken und entschied: »Du bekommst hier ein Zimmer.«

Wir gingen rein. Der Mann hinter dem Tresen begrüßte ihn müde und händigte ihm einen Schlüssel aus. Natürlich. Jetzt war mir alles klar. Er wohnte hier. Luc wohnte in dieser heruntergekommenen Pension. Er hatte meinen Rucksack auf seinem Rücken, also folgte ich ihm. Wir gingen die Treppe nach oben. Im vierten Stock schloss er ein Zimmer auf. Ein Bett, ein Schrank, ein Stuhl, ein kleiner Tisch, ein Nachttisch. Alles ziemlich schäbig. Ich nervte wieder und wollte auf der Stelle meinen Rucksack.

Dieser Mann aber wollte noch einmal Sex mit mir. Nein, nicht noch einmal. Ich wollte NICHT! Was sollte ich machen? Die einzige Möglichkeit erschien mir, sein Vertrauen zu gewinnen. Also zog ich mich aus und legte mich zu ihm ins Bett. Ich war mir sicher, es würde nicht lange dauern. Noch einmal zwei Minuten, vorbei war die Tortur.

Er sagte mir schon wieder, wie sehr er mich liebte und dass ich doch meinen Urlaub bei ihm verbringen könne. Ich könnte, wenn ich wollte, auch für immer bei ihm bleiben.

Na toll, das waren ja hervorragende Aussichten für meine Zukunft. So hatte ich sie mir bestimmt nicht vorgestellt.

Draußen hörten wir ein Feuerwerk.

Luc erklärte mir, dass heute der Jahrestag der Französischen Revolution sei. Stimmt, das hatte ich völlig vergessen.

Unbedingt wollte er noch einmal los. Feiern. Ich sagte ihm, dass ich schon den ganzen Tag unterwegs und daher schrecklich müde sei. Er zog seine Klamotten an. Ich dachte, vielleicht wollte er Drogen besorgen, um mich gefügiger zu machen. Als er die Tür zuschließen wollte, bat ich ihn lächelnd, mir den Zimmerschlüssel hier zu lassen, da ich sicherlich auf die Toilette müsse. Er überlegte einen kurzen Augenblick, ich lächelte ihn süßlich an. Dann legte er den Schlüssel auf den Nachttisch.

Er verschwand. Ich hörte ihn die Treppe nach unten steigen. Ich hatte eine Höllenangst. Irgendwo im Haus hörte ich einen Hund bellen, einen großen Hund. Es war nicht weit von hier entfernt. Vielleicht hatte er ihn vor dem Zimmer postiert, damit ich nicht abhauen konnte. Ich wartete, bis ich unten einen Motor aufheulen hörte. Nach zwei Minuten öffnete ich den Holzfensterladen und klappte ihn zur Seite. Sein Auto war weg.

Schnell schloss ich den Fensterladen wieder, stürzte mich in meine Kleidung, nahm meinen Rucksack und öffnete vorsichtig die Tür. Was, wenn alles nur ein Test war und er mich gleich zusammenschlug? Vielleicht wollte er nur sehen, ob ich türmte. Niemand war auf dem Flur. Nur der Hund bellte furchterregend, wahrscheinlich ein Schäferhund; er war allerdings nicht zu sehen.

Langsam stieg ich die Treppen hinab. Niemand. Das Bellen wurde leiser. Unten riegelte ich mir schnell selbst die Eingangstür auf, gab dem Portier den Schlüssel und sagte auf Französisch: »Tschüss, bis morgen.« Ich fand, das klang vertrauenerweckend.

Ich hatte so eine große Angst, dass mein Herz fast aus dem Brustkorb sprang. Sofort nahm ich die Rückseite des Gebäudes. Hier waren Sträucher, in denen ich mich zur Not verstecken konnte. Wo sollte ich jetzt hin in diesem Kaff? Ich lief auf einer Nebenstraße zur Hauptstraße. Bei jedem Auto, das mir auf der Straße entgegenkam, versteckte ich mich im Gebüsch. Ich rannte um mein Leben. Ich dachte: Wenn mich dieser Luc hier erwischt, bringt er mich um. Ganz sicher. Ich wusste nicht, wohin. Am Ende der Straße überquerte ich schnell die Hauptstraße und nahm eine andere Parallelstraße. Meine Angst war grenzenlos. Jetzt kamen mir drei Männer entgegen. Ich konnte mich nicht verstecken. Was, wenn er einer von ihnen war? Ich durfte nicht auffallen. Dies tat ich aber. Es war bestimmt nach ein Uhr. Eine Frau mit Rucksack, allein in diesem Kaff. Die Männer kamen näher. Ich ging auf ein Haus zu und verhielt mich so, als würde ich auf einen Klingelknopf drücken. Die Männer blickten in meine Richtung und redeten über mich, aber sie gingen weiter. Ich lief geradeaus und landete auf der Hauptstraße. Da, am Ende des Ortes, war das nicht eine Tankstelle? Sie war beleuchtet. Aber hatte sie noch offen, mitten in der Nacht in diesem Kaff?

Jetzt ging ich ohne Schutz die Hauptstraße entlang. Noch fünfzig Meter. Mehrere Autos kamen mir entgegen. Ein Auto blendete die Scheinwerfer auf. Das war er!

Und jetzt? Das Auto reduzierte seine Geschwindigkeit, fuhr aber weiter.

Er war es nicht.

In Schweiß gebadet erreichte ich die Tankstelle. Zwei Männer saßen im Verkaufsraum, in ein Gespräch vertieft. Ich kam zur Tür herein und ihr Gespräch verstummte, beide sahen mich an, als wäre ich ein Geist. Die Uhr zeigte 01:30 Uhr. Sie wollten wissen, wieso ich noch so spät in der Nacht unterwegs war. Ich sagte ihnen, dass ich mich mit meinem Freund gestritten hätte. Ich bat sie, mir ein Taxi zu rufen. Ich wollte bei ihnen hier drinnen warten und wenn jemand nach mir fragte, sollten sie sagen, dass sie mich nicht gesehen hätten. Sie spürten meine Angst. Der an der Kasse saß, öffnete eine Flasche Cola und reichte sie mir. Ich trank hastig und bemerkte erst jetzt meinen starken Durst.

Nach zehn Minuten kam ein Taxi. Ich war sehr froh. Ein junger Typ, wohl auch ein Algerier, verstaute meinen Rucksack im Kofferraum. Mir war mulmig. Jetzt saß ich schon wieder bei einem fremden Mann im Auto und mein Rucksack war meinem Zugriff unzugänglich im Kofferraum verborgen. Was, wenn der das Gleiche mit mir vorhatte?

Ich sagte ihm, er soll mich nach Belfort fahren. Er offerierte mir einen Sonderpreis. Außerdem hätte er dort einen Onkel, der in der Nähe des Bahnhofs eine kleine, billige Pension betreibe. Dort würde er mich absetzen. Mit seinem Onkel würde er einen Spezialpreis aushandeln.

Von irgendwoher zauberte er eine Flasche Cola für mich. Dann sagte ich ihm, dass er die Musik lauter stellen solle. *Sister Morphin* von den *Stones*, der Song wirkte beruhigend auf mich.

In Belfort dauerte es einige Zeit, bis er seinen Onkel aus dem Bett geklingelt hatte. Mürrisch öffnete ein älterer Mann mit grauen Haaren die Tür, aber dann sah er seinen Neffen, sein Gesicht begann zu strahlen. Der erklärte ihm kurz, dass ich ein sehr billiges Zimmer bräuchte. Das Zimmer kostete fast nichts. Ich bedankte mich vielmals bei dem netten Taxifahrer.

Das Zimmer war eine Dachkammer. Schmuddelig, und einfach eingerichtet. Aber ich war sehr dankbar, dass ich das alles überlebt hatte und verhältnismäßig gut aus der Sache herausgekommen war. Immer wieder dachte ich: Das hätte alles viel schlimmer kommen können. Ich packte meine Sachen aus. Als Erstes musste ich mich waschen. Leider hatte ich keine Dusche zur Verfügung, sonst hätte ich mich jetzt bestimmt eine Ewigkeit sehr heiß geduscht.

Jetzt ließ ich das Waschbecken mit Wasser volllaufen. Und wusch mich am ganzen Körper, jede Stelle, die er angefasst hatte, schrubbte ich, bis sie rot war. Und wieder unten rum. Immer wieder. Nach einer halben Stunde ließ ich das letzte Wasser weglaufen. Ich entschied: Es reicht! Ich legte mich ins Bett, zog die dicke Nackenrolle unter meinem Kopf zurecht und schloss die Augen. Aber da waren immer wieder die gleichen Bilder. Immer wieder. Mein Herz konnte nicht aufhören, zu rasen. Schlafen war unmöglich. Aber ich blieb liegen. Erst am Morgen stand ich auf. Frühstück gab es nicht, also packte ich meinen Rucksack und ging.

In der Nacht hatte ich mich entschieden. Ich würde zunächst mit dem Zug zurück nach Colmar fahren. Dort auf dem Campingplatz hatte ich schon einmal mit Jascha übernachtet. Dort kannte ich mich aus. Ich wollte keine Polizei. Das würde alles nur noch viel schlimmer machen. Dann wäre ich erst recht das Opfer. Wie sollte ich mich denn verständlich machen? Wie sollte ich beweisen, dass er mich zweimal vergewaltigt hatte? Nicht einmal von seinem Schlag in mein Gesicht war etwas zurückgeblieben. Auch ansonsten: kein einziger blauer Fleck, keine einzige Verletzung. Sein Wort würde gegen meines stehen. Um ihn anzuzeigen, hätte ich mich noch mehr wehren müssen. Wenn er mich richtig schwer verletzt hätte! Oder wenn er mich halb totgeschlagen hätte. Aber ich wollte nicht, dass er mich schlug. Ich wollte nicht, dass er mich verletzte. Ich wollte nicht, dass er mich umbrachte. Noch immer hatte ich Angst, dass er mich finden könnte. Ich ging zum Bahnhof. Dort in den Schließfächern wollte ich bis zur Abfahrt des Zuges meinen Rucksack deponieren. Aber das Geld fiel immer wieder durch das Geldeinwurffach. Ein Mann in meinem Alter, er war ein Junkie, das sah ich sofort, fragte mich auf Französisch, ob er mir helfen könne. Er rieb das Geldstück mehrmals an der Tür, dann warf er es ein. Es klappte. Ich staunte und bedankte mich auf Französisch.

»Thomas, wo bist du denn?«, rief jemand aus der anderen Halle.

»Ich bin hiiier.«

»Du bist Deutscher. Wenn ich das gewusst hätte.« Wir lachten.

»Darf ich vorstellen, das ist mein Freund Rolf«, er zeigte auf einen zweiten Mann, der inzwischen bei uns stand. »Mein Name ist Thomas, aber das hast du ja schon mitbekommen.«

»Hannah«, stellte ich mich vor.

Ich erzählte, dass ich vorhatte, am Nachmittag mit dem Zug nach Colmar zu fahren. Die beiden schlugen vor, mir in der Zwischenzeit Belfort zu zeigen.

Ich fragte Thomas und Rolf, ob sie auch Hunger hätten, beide bejahten. In einem kleinen Café in der Nähe des Bahnhofs lud ich sie zunächst zum Frühstück ein. Beide berichteten, dass sie in Deutschland noch offene Haftstrafen wegen Betäubungsmitteldelikten hatten und deshalb nach Frankreich abgehauen seien. Sie sagten, dass sie in einigen Wochen weiter nach Süden wollten, vielleicht nach Spanien. Ich erzählte, dass mein Freund und ich uns gerade getrennt hätten.

»Aus welchem Grund habt ihr euch getrennt?«, wollte Rolf wissen.

»Er ist zu seiner Geliebten zurück«, sagte ich. »Ihr Name ist Heroin.«

»O fuck!« Thomas sah mich wissend an. »Ja, wir Junkies sind nicht für Liebesbeziehungen gemacht. Vielmehr sind wir gut darin, sie zu zerstören. Kann meine Exfreundin ein Lied von singen.«

Nach dem Frühstück zeigten sie mir einige Schätze in ihrer augenblicklichen Stadt. Wir gingen zur Zitadelle und sie erklärten mir die Geschichte der monumentalen Steinskulptur, des Löwen von Belfort. Danach besichtigten wir das Breisacher Tor. In der Altstadt besuchten wir die Kathedrale Saint-Christophe und die Markthalle.

»Ihr seid wirklich gute Fremdenführer«, stellte ich fest, als wir in einem Bistro jeder vor einem Café au Lait saßen. »Vielleicht solltet ihr das zum Beruf machen.«

Später verabschiedeten wir uns, die beiden mussten noch ein paar Drogengeschäfte vermitteln. Ich schlenderte ein wenig durch die Altstadt.

Am frühen Nachmittag fuhr ich mit dem Zug nach Colmar. Auf dem Campingplatz baute ich zunächst mein Zelt auf. Dann kochte ich mir einen grünen Tee.

Ich hatte verstanden, dass ich etwas in meinem Leben ändern musste. Grundlegend ändern. So konnte es unmöglich weitergehen. Ich musste zwei Sachverhalte begreifen, zum einen, dass ich als Frau nicht all das machen konnte, was Männer machen können. Tja, auch mir kann etwas passieren. Ich muss hierfür kein Opfertyp sein, es reicht schon aus, dass ich eine Frau bin. Das allein genügt. Immer wieder hatte ich nach Jaschas Auszug die Gefahr herausgefordert. Das musste aufhören.

Das Zweite, was ich einsehen musste, war, dass Jascha nicht zurückkommen würde. Nie mehr!

Ich musste ab sofort mein eigenes Leben leben. Ohne Gefahren. Ohne Drogen. Ohne Alkohol.

Ja, ein ganz normales Leben, das wollte ich jetzt.

10. Der Besuch meines Ex

Das Wochenende Anfang März verbrachte ich bei meinen Eltern. Eine hervorragende Gelegenheit zum Shoppen in der Stadt, also nichts wie hin in die Fußgängerzone. Der Gang über die Shoppingmeile war dann doch sehr ernüchternd. Fast kein Geschäft, das ich von früher her kannte. Ziemlich desillusioniert schlenderte ich die Bismarckstraße entlang Richtung Rathauscenter.

Plötzlich hörte ich hinter mir meinen Namen: »Hannah, Hannah, bleib doch stehen.«

Mich traf fast der Schlag. Mein Ex!

Vor zwei Jahren hatte ich Jascha hier in der Fußgängerzone zum letzten Mal getroffen. Vor fünf Jahren hatten wir uns getrennt. War das schon so lange her? Als Jascha näherkam, dachte ich: Haben wir uns wirklich erst vor fünf Jahren getrennt? Er trug Sandalen, obwohl es gestern noch geschneit hatte. Seine cremefarbene Chino, die schon zu Beginn unserer ersten Beziehung ihr Haltbarkeitsdatum eindeutig überschritten hatte, wies zwei große Brandlöcher am linken Bein auf. Seine Haare lang, wild und ungepflegt, das Gesicht mit Pickeln übersät wie das eines Teenagers. Die Pickel schienen dagegen vom Dreck zu kommen, der in den harten Drogen als Streckmittel drin war, die er offensichtlich in großen Mengen in seine Venen spritzte.

Natürlich freute ich mich, Jascha zu sehen, allerdings war ich geschockt darüber, wie tief unten er angekommen war.

Wir standen keine drei Minuten zusammen, als zwei junge Männer vorbeikamen, der eine wollte wissen, ob

Jascha drei Gramm H besorgen könne, der andere wollte einige Gramm Gras kaufen. Mit dem Typen, der H kaufen wollte, vereinbarte Jascha für dreizehn Uhr im Stadtpark einen Termin, mit dem Graskäufer verabredete er sich eine Stunde später am Berliner Platz.

Jascha fiel ein, dass er dringend telefonieren musste. Er erkundigte sich bei seinem Telefonkontakt, wie viele Flaschen Sekt er zur Party mitbringen sollte. »Okay, dann bringe ich fünf Flaschen Sekt mit.«

Ich dachte, wahrscheinlich bedeuten fünf Flaschen Sekt fünf Gramm irgendeiner Droge, wahrscheinlich Kokain. Jascha wollte sich mit seinem Telefonkontakt in drei Stunden am bekannten Ort treffen.

»Ich bin beeindruckt: Man könnte meinen, du hast mehr Termine als ein Spitzenpolitiker. Blickst du bei deinen vielen Terminen überhaupt noch durch?«

»Meistens schon. Aber manchmal gerät ja alles durcheinander, weil keine Drogen aufzutreiben sind, dann wird es kompliziert.«

Ich schlug vor, in einem Café zusammen etwas zu trinken.

»Ich muss noch arbeiten«, kam zunächst als Einwand.

»Du musst ... *arbeiten*?«, fragte ich irritiert.

»Na checken!«

»Lass uns wenigstens für eine halbe Stunde in ein Café gehen«, versuchte ich es noch einmal. Großzügig willigte Jascha ein.

Insgesamt hatten wir über drei Jahre eine Beziehung, aber wenn ich meinen Ex so ansah, konnte ich mir fast nicht vorstellen, dass es mit ihm eine wunderschöne Zeit ohne Drogen gegeben hatte. Und ich konnte auch nicht glauben, wie sehr ich ihn geliebt hatte. Der Mann, der mir gegenübersaß, wäre mir fast wie ein Fremder erschienen, wären da nicht diese geheimnisvollen rehbraunen Augen mit dem leuchtenden Kupferstich und diesem sehnsüchtigen Blick gewesen.

Jetzt pflegten wir eine nichtssagende Unterhaltung, als hätten wir uns eben in diesem Café kennengelernt.

Dann wollte Jascha wissen, ob ich morgen noch in der Gegend sei. Ich bejahte.

Er schlug vor, am nächsten Tag nach Mannheim zu fahren, dort würden ihn nicht so viele Leute kennen, da könnten wir in Ruhe spazieren gehen.

Bewusst das Wort *dealen* vermeidend, fragte ich: »Und du musst morgen keine Geschäfte vermitteln?«

»Nein, für dich nehme ich mir quasi einen Tag Urlaub«, sagte er schmunzelnd.

Wir verabredeten uns also für den nächsten Tag.

Als ich zum vereinbarten Treffpunkt kam, wartete Jascha schon gegenüber der Tortenschachtel, angelehnt an dieser Treppe am Berliner Platz, die schon lange ins Nirgendwo führte. Er war überpünktlich!

Heute war Jascha ganz anders. Wir fuhren rüber nach Mannheim und liefen Hand in Hand am Neckar entlang.

Er erzählte, dass er zurzeit wieder regelmäßig drücke, in einem Getto in einer Junkburg wohne, noch eine Verhandlung wegen Diebstahl, Einbruch und Raub offen habe und definitiv damit rechne, bald in den Knast einzufahren.

Das klang wirklich nicht gut.

Ich berichtete ihm von meiner Ausbildung zur Heilpädagogin und meinen Praktika mit behinderten Kindern. Und nach zwei Stunden ahnte ich immerhin, warum ich Jascha so sehr geliebt hatte. Nach einer weiteren Stunde wusste ich es wieder ganz genau. Wenn er nicht gerade völlig stoned oder auf Turkey war, konnte er stundenlang zuhören und erzählen. Mit Jascha wurde es niemals langweilig, er zeigte sich an allem interessiert und stellte viele Rückfragen.

Wir saßen am Neckarufer im Gras und er sah mir lange schweigend in die Augen. »Hannah, ich bin wieder der Alte, ich lebe mein früheres Leben. Ich bin nur noch Jacko, der Junkie und Drogendealer. Du brauchst mich nicht mehr mit Jascha anzusprechen, niemand, außer meiner Mutter, nennt mich noch so.«

»Ich werde immer Jascha zu dir sagen. Weißt du nicht mehr? Damals nach deiner Therapie habe ich es dir versprochen. Fast habe ich das Gefühl, es wäre erst gestern gewesen, als du zu mir sagtest: ›Ich bin nicht mehr Jacko, der Junkie, ich habe mich verändert.‹«

»Ja, du sagtest sofort: ›Ich fand den Namen Jascha schon immer schöner.‹ Und du gabst mir das Versprechen, mich nie wieder Jacko zu nennen.«

»Die siebzehn Monate mit dir zusammen im Taunus, während du clean warst, diese Zeit war wunderschön. Ich war so glücklich wie noch nie zuvor in meinem Leben.«

»Hey, du weinst ja.« Jascha wischte mir sanft eine Träne von der Wange.

»Ich hätte so gerne ein normales Leben mit dir geführt, Hannah. Es tut mir sehr leid, dass alles so gekommen ist.«

»Ja, mir tut es auch sehr leid.«

Dann erzählte er, dass er ziemlichen Stress mit Conny, der Leiterin der Drogenberatungsstelle, hätte, die ihn unbedingt auf Therapie schicken wollte. Natürlich hielt auch ich dies für eine außerordentlich gute Idee. Ich dachte, Jascha bräuchte eine Auszeit zum Nachdenken, daher schlug ich ihm vor, dass er mich für ein Wochenende besuchen könne, wenn mit der Verhandlung alles klar gehen würde.

Wir verabredeten einen Besuch in drei Wochen. Er kam nicht am vereinbarten Wochenende, meldete sich auch nicht bei mir.

Vier Monate später, an einem Freitagabend stand Jascha völlig überraschend vor unserer Haustür. Meine Mitbewohnerin Tatjana verbrachte ein verlängertes Wellness-Wochenende mit ihrem neuen Lover, somit hatten wir die Wohnung für uns. Mein Freund war zu einer zweimonatigen Fortbildung in London.

»Warum hast du nicht vorher angerufen?«, wollte ich wissen.

»Stimmt, das hätte ich machen sollen. Wenn es nicht passt ...«

»Nein, nein, schon in Ordnung.« Ich sagte ihm, dass er bis Montagmorgen bleiben könne, und quartierte ihn in meinem Zimmer ein. Ich bezog das Bett neu und trug mein Bettzeug und einige private Dinge in Tatjanas Zimmer. Ich würde in ihrem Bett schlafen.

»Eure Wohnung ist wow, echt toll«, lobte Jascha, nachdem er alle drei Zimmer inspiziert hatte.

Mein Exfreund wollte zuerst ein Bad nehmen, genüsslich lag er in der Wanne und meinte: »Komm doch mit rein.«

Nun, das ging mir in der Tat zu weit.

»Soll ich dir die Haare waschen?«

»Nein, lieber nicht, die gehen mir sonst aus.«

»Wie, du wäschst dir deine Haare nicht, weil sie sonst ausgehen?«

Nur mühsam konnte ich meinen Ex davon überzeugen, dass ich ganz vorsichtig Haare waschen konnte: »Ich gebe dir eine Spülung ins Haar, da kannst du deine Haare ohne Probleme nach dem Waschen durchkämmen.«

Dann bereitete ich das Abendessen zu: Ricotta-Tortellini mit gemischtem Salat, das gab unser Kühlschrank her.

Jascha schmeckte es.

Nach dem Essen packte er seine Pillen aus. Er hatte ein ganzes Arsenal mitgebracht, damit er bei uns keinen Drogenentzug bekam, denn Heroin spritzen wollte er hier nicht. Sehr löblich! Ich hoffte, dass ich trotz der Pillen noch mit ihm reden konnte, sonst brachte das Ganze hier nichts, schließlich wollte ich ihn von einer nochmaligen Therapie überzeugen. Ich sollte ihn bei der Pillenauswahl beraten. Ich hatte keine Ahnung, was da so alles auf dem Küchentisch lag.

Um irgendetwas zu sagen, schlug ich vor: »Nimm die Gelben.«

Er warf gleich vier gelbe Pillen ein. Nach zwei Stunden dachte ich, ich hätte mich mit meinen Ratschlägen lieber zurückhalten sollen, denn Jaschas Augen fielen immer wieder zu. Reden war also nicht mehr. Wir setzten uns ins Wohnzimmer vor den Fernseher. Das Programm fand Jascha langweilig, er wollte lieber etwas anderes sehen. Wir lagen auf der Erde und wühlten in den selbst aufgenommenen Filmen.

»Hast du keinen Drogenfilm?«

Ich konnte es nicht fassen. »Mensch Jascha, ein Drogenfilm geht doch bei dir jeden Tag ab. Möchtest du nicht einmal was anders sehen?«

»Nö.«

Mir fiel ein, dass wir noch die Aufnahme eines Filmes hatten, der das Leben aus der Sicht eines Drogenschmugglers zeigt.

Jascha fand den Film toll. »Das wäre vielleicht auch eine Einnahmequelle.«

»Ich schätze, dich würden sie bei der Einreise aus Kolumbien sofort verhaften.« Ich schüttelte den Kopf.

»Außerdem ist das doch saugefährlich mit den vielen Kokssäckchen im Bauch. Wenn da ein Päckchen aufgeht, bist du hin, Jascha.«

»Leben ist Risiko.«

Ich kochte noch eine Kanne grünen Tee. Wir unterhielten uns weitere zwei Stunden über Drogenanbau und Drogenschmuggel.

Na toll! Irgendwie schien sich dieses Wochenende in eine andere Richtung zu entwickeln, als ich mir das ursprünglich vorgestellt hatte.

Am nächsten Morgen ging ich zunächst einkaufen, dann bereitete ich das Frühstück zu, aber Jascha wollte nichts essen, nachdem er sich endlich aus dem Bett gequält hatte. Ihm reichten vier Pillen, zwei selbst gedrehte Zigaretten und eine große Tasse starker schwarzer Kaffee. Erst nach einer halben Stunde kam wieder etwas Leben in ihn.

Um elf Uhr hatte er Lust, mit mir spazieren zu gehen. Da ich wusste, dass sich Spaziergänge mit Jascha sehr lange ausdehnen konnten, zog ich es vor, zunächst zu Mittag zu essen. Aber mein Ex wollte jetzt unbedingt an die frische Luft.

Dann lief ich mit Jascha durch den Wald. Wir redeten und redeten. Es war wunderschön. Wir setzten uns auf einen Hochsitz, hier beobachteten wir sogar zwei Rehe, die sich der Aussichtsplattform näherten. Jascha war begeistert, er wollte den Hochsitz nie wieder verlassen.

Dann sagte er: »Hannah, am liebsten würde ich jetzt hier mit dir schlafen.«

»Jascha, bist du wahnsinnig?«

»War doch nur ´ne Frage. Ich weiß doch, dass du so etwas nicht machst, du hast ja einen Freund. Aber ich hätte es bereut, dich nicht wenigstens gefragt zu haben.«

Er grinste mich frech an. Ich boxte ihn sanft in seine Rippen und wir balgten uns wie kleine Kinder.

Mit Jascha vergaß ich Zeit und Raum.

Wieder zu Hause zeigten die Zeiger fast sechzehn Uhr und ich bereitete unser Mittagessen zu. Danach hielt Jascha einen Mittagsschlaf. Sein verschiedenfarbiger Pillenmix, den er sich nach dem Essen eingeworfen hatte, als wären es viele bunte *Smarties*, schien ihm nicht besonders gut bekommen zu sein.

Ich bereitete schon einmal das Mittagessen für den nächsten Tag vor. Da wollte ich Jascha so richtig verwöhnen, mit einem Fünf-Gänge-Menü. Er hatte schon immer gerne gut gegessen.

Nach Stunden wurde Jascha wieder wach. Ich hatte ihm wohlweislich schon einen starken Kaffee aufgebrüht, der wirklich nur für Junkies genießbar war.

Jetzt wollte er wieder spazieren gehen. Es wäre so schön gewesen vorhin. Ergo gingen wir noch einmal los, diesmal in die andere Richtung. So lange, wie mit Jascha an einem Tag, war ich in den letzten drei Jahren, seitdem ich hier wohnte, nicht spazieren gewesen. Ich nahm mir nie die Zeit dafür.

Hand in Hand lief ich mit Jascha durch die Felder. Ab und zu setzten wir uns auf einen Stein am Feldrand. Ich versuchte, ihm endlich die Therapie schmackhaft zu machen, aber er hatte die verrücktesten Ausreden. Er hätte zurzeit keinen Personalausweis, seiner wäre ihm geklaut worden, doch ohne Ausweis könne er keinen Entzug machen.

»Dann lässt du dir eben einen Neuen machen.«

»O fuck, das geht nicht, dann müsste ich Geld bezahlen, das habe ich nicht.«

»Da weiß die Leiterin der Drogenberatungsstelle bestimmt einen Rat. Zur Not komme ich und zahle dir das Geld für den Ausweis. Das ist doch kein Problem.«

Aber Jascha war schon dabei, eine nächste unüberwindbare Hürde zu konstruieren. Er wollte nicht mehr in Therapie. Ich hatte nicht das Gefühl, dass ihn irgendein Mensch auf der Welt umstimmen konnte.

»Jascha, wirf dein Leben doch nicht einfach so weg, es ist dafür viel zu kostbar. Ich bin sicher, wenn du es wirklich willst, dann wirst du es noch einmal schaffen. Solange du lebst, ist es nicht zu spät, um mit dem ganzen Zeug aufzuhören. Außerdem hast du noch einmal Bewährung bekommen, beim nächsten Mal fährst du garantiert in den Knast ein.«

Zu meinem Erstaunen hatte der Richter ein Einsehen mit ihm gehabt und ihn nicht für einige Jahre in den Knast geschickt, sondern ihm noch einmal Bewährung gegeben.

»Ach, Hannah, ich kann nicht mehr aufhören, es geht einfach nicht. Es ist, als hätte ich diesen Berg auf der falschen Seite bestiegen, ich kann nur noch in eine Richtung gehen. Zurück kann ich nicht mehr.«

»Man kann immer umkehren. Der Weg zurück ist vielleicht voll mit Geröll, der Abstieg wird sicherlich sehr beschwerlich, aber es lohnt sich.«

»Ich würde abstürzen.«

»Du wirst mit Sicherheit abstürzen, wenn du diesen Weg so weitergehst. Jascha, ich möchte nicht, dass das passiert.«

»Hannah, ich habe es nicht einmal mit dir geschafft, auf Dauer clean zu bleiben.«

»Und wenn du dich substituieren lässt?«

»Das habe ich doch alles schon probiert. Ein Leben ohne Heroin kann ich mir nicht vorstellen. Ich brauche es und ich will es. Tief in mir ist so ein starker Schmerz, nur Hero lässt mich diesen Schmerz ertragen.«

»Weißt du, woher dieser Schmerz kommt? Vielleicht solltest du an ihm arbeiten.«

»Nein, ich will nicht an ihm arbeiten. Ich komme da nicht ran. Der Schmerz ist zu tief, viel zu tief. Hannah, ich höre nicht mehr auf; ich werde auch keine Therapie mehr machen. O fuck, die meisten meiner Organe funktionieren nicht mehr richtig. Warum sollte ich jetzt noch aufhören?«

»Warum? Weil du nur so überleben kannst.«

»Nicht zu überleben, wäre nicht das Schlimmste; Sterben müssen wir doch alle irgendwann.«

»Ach, Jascha!«

Stunden später kamen wir zu Hause an. Es war nach einundzwanzig Uhr.

Wir aßen noch gemeinsam Abendbrot und später saß mein Ex vor dem Fernseher und schaute das Sportstudio.

Ich bereitete mein Fünf-Gänge-Menü für den nächsten Tag weiter vor.

Am Sonntagmorgen frühstückten wir ausgiebig.

Später bereitete ich das Mittagessen zu, Jascha half mir, er schälte Kartoffeln. Wir hörten seine augenblickliche Lieblingsmusik. Aus dem Lautsprecher dröhnten die Lieder *Spanish Stroll* und *Demasiado Corazon*, mit der bluesigen, aufregenden, fast dreckig klingenden Stimme von *Willy De-Ville*, die mich an lang conchierten Schmelz edler Zartbitterschokolade erinnerte.

»Das ist weißer Blues, eigentlich ein Gemisch aus verschiedenen Musikstilen: Blues, Cajun, Salsa, Rock, Pop und was weiß ich noch«, erklärte mir Jascha. »Ich wusste, dass dir diese Musik gefällt.«

So war es. Ich war begeistert. Noch nie hatte ich eine Musik gehört, die mich auf Anhieb derart gefangen nahm. Obwohl ich diese Songs noch niemals bewusst gehört hatte, war es, als hätte ich etwas Schönes wiedergefunden, das ich vor langer, langer Zeit verloren hatte.

Dann sang *Willy DeVille* das Lied: *Keep Your Monkey A-way from My Door.*

Unweigerlich musste ich daran denken, wie Jascha während unserer gemeinsamen Zeit nach jedem Rückfall zugedröhnt mit stecknadelkopfgroßen Pupillen in unserem verdunkelten Schlafzimmer lag, *Doors* oder *Traffic* auf voller Lautstärke, mit der linken Hand kratzte er sich im Gesicht und mit der rechten Hand an seinem Sack und zu mir lallte er: »Ich bin völlig clean. Hannah, ich schwöre dir, ich habe nichts gedrückt. Echt, ich schwör's dir. Ich mache nichts mehr mit harten Drogen. Nie wieder!«

Mein Fünf-Gänge-Menü kam gut bei Jascha an, er sagte: »Hannah, ich bin total breit von deinem Essen, daran könnte ich mich gewöhnen.«

Nachdem ich gemeinsam mit Jascha das Chaos in der Küche beseitigt hatte, fiel ihm ein, dass ein Autorennen im Fernsehen lief. Stundenlang saßen wir im Wohnzimmer und sahen auf der Mattscheibe den quietschenden Autos zu, die immer wieder die gleichen Runden drehten.

Abends saß ich noch lange mit Jascha zusammen und wir unterhielten uns über alle möglichen Themen. Er wollte alles über meine verschiedenen Praktika in der Kinder- und Jugendpsychiatrie, in einem heilpädagogischen Heim und in der nahen Drogenberatungsstelle wissen.

Am nächsten Morgen frühstückten wir, dann fuhren wir direkt mit dem Bus nach Wiesbaden.

»Danke, dass du mich eingeladen hast. Das Wochenende bei dir hat mir sehr gutgetan, du hast mir gutgetan.«

»Ja, Jascha, du hast mir auch gutgetan. Es war sehr schön mit dir.«

Am Bahnhof in Wiesbaden tranken wir noch einen Kaffee, bevor ich für Jascha eine Fahrkarte löste und ihn in den richtigen Zug setzte.

Ich war mir sicher, Jascha würde keine Therapie mehr beginnen. Er würde nie mehr mit den Drogen aufhören.

11. Eine ältere reiche Dame

Während ich mit dem Zug nach Ludwigshafen zu Jaschas Mutter unterwegs war, stellte ich mir ein Treffen zwischen Jascha und seiner Mutter vor. Ich sah es wie einen Film vor meinem inneren Auge.

Ob er gleich kommt?, denkt sie. Heute ist Dienstag und dienstags kommt er meistens. Manchmal nimmt er zu viel von dem Zeug, dann kommt er überhaupt nicht. Oft will er nur Geld. Heute gebe ich ihm nichts. Von mir aus könnte er wieder hier wohnen, die Wohnung ist groß genug. Im hinteren Zimmer liegt noch seine Matratze und die alte Kommode steht drin. Aber er wohnt ja schon seit zwei Jahren bei dieser alten reichen Frau. Die muss ganz schön viel Geld haben, was er so alles erzählt. Sie hat eine große Villa und einen riesigen Garten, manchmal fliegt sie für einige Wochen nach Amerika, in Australien war sie auch schon.

Während sie mit dem Kochlöffel nacheinander in den verschiedenen Töpfen rührt, ist ihr Blick aus dem Küchenfenster gerichtet. Auf ihn wartend, den Platz in Richtung Straßenbahnhaltestelle beobachtend, sieht sie ihn. Sie erkennt ihn schon von Weitem an seinen ausladenden Schritten und dem elastischen Gang, als hätte er Sprungfedern unter seinen Füßen. Jetzt nimmt sie den gewaschenen Feldsalat mit den Händen aus dem Sieb und gibt ihn in die große Porzellanschüssel, um ihn mit der Salatsoße zu vermischen. Danach trocknet sie sich ihre Hände an der mit dunkelblauen Karos gemusterten Kittelschürze ab.

»Hallo Mutter!«
»Na, wie geht's dir, Jascha? Hast du Hunger?«

»Ich könnte ein ganzes Pferd verdrücken«, sagt er, während er die Topfdeckel hochhebt. »Mhm, Braten! Riecht gut!«

Er pflanzt sich auf den hinteren Teil der Eckbank und lässt sich bedienen, als wäre er in einem Restaurant.

»Bekommst du nichts zu essen bei deiner alten Frau?«

»Wie oft soll ich dir noch sagen, sie ist eine Dame. Eine Frau oder eine Dame, das ist ein sehr großer Unterschied, SIE ist eine Dame.«

»Ach, geh mir weg damit. Bestimmt schläfst du mit ihr, gib doch zu, dass sie dich ab und zu in ihr großes, einsames Bett lässt.«

Sie klatscht den selbst gestampften Kartoffelbrei etwas zu heftig auf den Teller, sodass die Bratensoße überschwappt.

»Mensch Mutter, die ist älter als du, ich schlafe doch nicht mit der.«

»Und was macht ihr den ganzen Tag? Ich kann mir das mit euch beiden nicht vorstellen.« Sie setzt sich ihrem Sohn gegenüber auf den Küchenstuhl mit dem abgewetzten, blassblauen Polstersitz.

»Ich habe dir doch schon hundert Mal erzählt, dass ich in ihrem Haus ein eigenes Zimmer bewohne, in dem kann ich machen, was ich will. Sie hat mir einen Fernseher reingestellt. Sooo groß!« Er breitet die Hände weit aus. »Einen Schallplattenspieler habe ich auch, meistens leihe ich mir die Platten von Margot aus, sie sammelt Schallplatten, sie hat voll coole Musik für ihr Alter. Manchmal stöbere ich auch in ihrer Bibliothek, sie hat ein Zimmer mit Regalen bis zur Decke, voll mit Büchern, da kann ich mir nehmen, was ich will.«

»Hat sie eigentlich keine Angst, dass du sie beklaust?«

»Das würde ich niemals tun, ich beklaue dich doch auch nicht, oder?«

»Du hast dir schon öfter was aus meinem Geldbeutel genommen.«

»O Mutter, das habe ich mir doch nur geliehen.«

»Und die goldene Kette? Und mein teurer Ring?«

»Die hab ich doch nicht geklaut, hast du bestimmt verloren.«

»Na ja!? Womit bezahlst du eigentlich dein Zimmer?«

»O fuck, glaubst du etwa, ich wohne dort für Nass? Ich habe dir doch schon erklärt, dass ich an zwei Tagen in der Woche mit Margot zum Einkaufen in einen Supermarkt gehe, ab und zu fahren wir auch in die Innenstadt oder nach Mannheim rüber. Manchmal gehe ich Margot im Haus mit kleinen handwerklichen Arbeiten zur Hand, und wenn es heiß ist, bewässere ich morgens und abends ihren Garten. Margot hat einen riesigen Garten, fast schon einen Park, mit einem großen alten Baumbestand.«

»Wenn sie so viel Geld hat, kann sie sich dann keinen Gärtner leisten?«

»Sie hat doch einen Gärtner, aber der kommt nicht jeden Tag.«

»Komm Junge, iss noch was.«

»Gestern Abend kam Margot in mein Zimmer und hat gesagt: ›Hey Jacko, leiste mir ein bisschen Gesellschaft, mir ist langweilig.‹ Zuerst haben wir in der Bibliothek gequatscht, dann haben wir Schach gespielt, sie hat mich ganz schön abgezogen, danach habe ich mir einen Film aussuchen dürfen. Ich habe Holz im Kamin aufgelegt, obwohl es dafür viel zu warm war, aber Margot wollte es so, weil das gemütlich ist, und dann haben wir uns ›Harry und Sally‹ zusammen angesehen, wie ein altes Ehepaar.«

»›Harry und Sally‹, den Film kenne ich nicht.«

»Er ist einer von Margots Lieblingsfilmen. Meg Ryan spielt als Sally mitten in einem vollen Restaurant einen Orgasmus vor. Echt geil!«

»Ich glaube, ich will nichts mehr wissen, nichts von dem Film und nicht, was ihr zwei danach gemacht habt.«

»Mensch Mutter, wir haben uns jeder ins eigene Bett gelegt.« Er kratzt sich zum wiederholten Male im Gesicht und dreht sich eine Zigarette aus schwarzem Van Nelle.

»Fast hätte ich es vergessen, Hannah hat dir geschrieben.« Seine Mutter geht zur Anrichte und holt ihm den Brief, den sie hinter dem Obstkorb mit den Plastikfrüchten aufbewahrt hat.

»Was will die denn noch von dir, jetzt, wo die studiert, die lebt doch in einer anderen Welt?«

»Kannst du das nicht verstehen, wir sind immer noch Freunde, gute Freunde.«

Konzentriert liest er den drei Seiten langen Brief, sein Gesicht überzieht sich mit einem zufriedenen, fast glücklichen Lächeln. Behutsam faltet er den Brief wieder zusammen, steckt ihn achtsam wie eine Kostbarkeit in den roten wattierten Umschlag zurück, und verstaut ihn in der rechten Brusttasche seiner Jeansjacke. Er wird den Brief noch oft lesen, wie alle ihre Briefe.

»Hannah kommt nächsten Mittwoch, sie lädt mich zu Mafiatorte ein und außerdem bringt sie mir ein Geburtstagsgeschenk mit.« Er sieht großspurig auf seine neue Armbanduhr. »Die hat mir die Margot gekauft. O Mann, ich muss los, sie wollte sich mit mir zum Einkaufen in der Stadt treffen.«

Vom Küchenfenster aus sieht sie ihrem Sohn noch nach, wie er schnell in Richtung Innenstadt läuft. Sie denkt: Er bräuchte neue Schuhe, sieht seine alte Dame das nicht? Immer rennt er in diesen dünnen Turnschuhen in der Gegend rum. Und ich würde wetten, dass er doch mit ihr ins Bett geht, da kann er mir nichts vormachen, so etwas spür ich doch als Mutter.

Seit ich von Jaschas Tod erfahren hatte, fühlte ich nichts mehr. Das Denken fiel mir schwer. Ganz langsam, wie in Zeitlupe, sickerte die Gewissheit seines Todes in mein Bewusstsein ein, während dieser schneidende Schmerz mein Herz zu zerreißen begann. Ich wusste nicht, wie ich diesen unerträglichen, unmenschlichen Schmerz aushalten sollte.

Ich würde Jascha niemals mehr wiedersehen. Ich würde niemals mehr seine vollen weichen Lippen auf meinem Mund spüren. Wir würden niemals mehr Hand in Hand stundenlang spazieren gehen.

Dann stand ich vor dem 70er-Jahre-Bau, in dem Frau Drabold wohnte. Ich läutete und ging in den zweiten Stock des Mietshauses.

Jaschas Mutter öffnete mir die Wohnungstür. Ihre verquollenen roten Augen, eingerahmt von großen schwarzen Ringen, waren den meinen sehr ähnlich.

»Es musste ja irgendwann so kommen. Immer wieder hat er mit diesem Zeug angefangen. Mit dir hätte er damals eine Chance gehabt, aber auch die hat er verspielt.«

In der Wohnung von Frau Drabold war Jascha derart präsent, dass mich der immer stärker werdende Schmerz in meinem Brustkorb fast betäubte, das Atmen fiel mir schwer, als hätte ich eine chronische Lungenkrankheit.

Meine Gedanken überschlugen sich. Immer hatte ich mich so sehr gefreut, Jascha zu sehen, wie ein kleines Kind, das von seiner Mutter fest in die Arme geschlossen wird, nachdem es sich tief im Wald verlaufen hatte. Oder war ich vielmehr die Mutter, die ihr Kind wieder in die Arme schloss? Irgendwie traf beides zu. Ich war das Kind und die Mutter. Ich war das Kind, das er an die Hand genommen hatte, um ihm die Schönheiten und die Besonderheiten dieses Lebens zu zeigen. Jascha hatte den schweren schwarzen Samtvorhang zurückgezogen, ich sah die große Farbpalette des Lebens und stürzte mich hinein, um alle Farben auszuprobieren. Erst durch Jascha hatte ich gelernt, dass es sich lohnt, zu leben. Aber ich war auch die Mutter, die ihn an die Hand nahm, um ihm dieses ganz andere Leben zu zeigen. Ich pflanzte diesen Baum der Normalität in seine Drogenwelt und der Baum wuchs und wuchs und wurde immer höher. Jascha konnte sich eine Zeitlang nicht an ihm sattsehen.

In den letzten Jahren hatte ich Jascha zwei- bis dreimal im Jahr besucht. Die ersten Stunden begegneten wir uns als Fremde. Mit Jacko, dem Junkie, konnte ich wenig anfangen und er ebenso wenig mit mir. Aber von Stunde zu Stunde, die wir miteinander verbrachten, kamen wir uns näher. Und plötzlich war es nicht mehr Jacko, mit dem ich

Hand in Hand auf der Parkinsel lief, es war Jascha. Dann wusste ich auch wieder, warum ich ihn so sehr geliebt hatte. Als es für mich Zeit wurde zu gehen, fiel mir die Trennung von Jascha unendlich schwer. Es war, als müsste ich einen Teil meines Körpers zurücklassen. Und immer war da diese Angst, dass ich ihn vielleicht niemals wiedersehen würde.

Während Jaschas Mutter uns den frisch aufgebrühten Kaffee einschenkte, schnäuzte ich mir die Nase und wischte die Tränen erneut aus meinem Gesicht. Aus diesem Kaffeeservice mit den bunten Blümchen und den abgeblätterten Goldrändern hatte ich schon vor dreizehn Jahren Kaffee getrunken, während Jascha und ich zum ersten Mal ein Paar waren.

Ich wollte von Frau Drabold wissen, wieso sie mir nicht wegen der Beerdigung Bescheid gegeben hatte, sie wusste doch, dass Jascha und ich noch in Kontakt standen. Alle meine Briefe an ihn waren an die Anschrift seiner Mutter adressiert und auf allen stand mein Absender. Jaschas Mutter entschuldigte sich, sie wäre gleich, nachdem die Polizei ihr die Nachricht überbracht hatte, zu ihrem ältesten Sohn gefahren, und erst nach der Beerdigung wieder in ihre Wohnung zurückgekehrt.

Dass ich nicht die Möglichkeit hatte, an Jaschas Beisetzung teilzunehmen, steigerte den Schmerz ins Unerträgliche. Ich fühlte mich so verloren, als wäre ich ganz allein auf der Welt, als hätten alle meine Verwandten ein Fest in einem Haus gefeiert, in das eine Rakete einschlug. Alle waren tot. Nur ich hatte überlebt – als Einzige. Wie sollte ich weiterleben? Ich würde eingehen, wie ein Baum, dessen gesamte Wurzeln gekappt wurden.

Frau Drabold stand auf und legte eine Packung Papiertaschentücher zwischen uns auf den Küchentisch.

In unserer tiefen Trauer umarmten wir uns und vermischten unsere Tränen.

Alles war so unwirklich.

»Letzte Woche war die Polizei hier. Der Hausmeister hat Jascha gefunden. Er muss mehrere Tage tot in der Wohnung gelegen haben. Ich habe mich gewundert, wieso ihn der Hausmeister gefunden hat und nicht die alte Frau? Sie haben gefragt: Welche alte Frau? Ich habe gesagt, mein Sohn hat doch bei dieser Margot in Friesenheim gewohnt, die mit der großen Villa und dem Park.«

Während ich auf meiner Unterlippe kaute, gab ich mir Mühe, nicht an dem Hautfetzen zu ziehen, bemerkte dann aber doch den metallischen Geschmack des Blutes.

»Stell dir vor, die Polizisten haben gesagt, er hat nicht in Friesenheim gewohnt, sondern in einer kleinen Sozialwohnung am anderen Ende der Stadt.«

Unter dem Tisch wippte ich unruhig mit den Füßen und stieß so heftig an das linke Tischbein, dass sich Kaffee aus meiner Tasse auf die Untertasse ergoss und dort eine große schwarze Pfütze bildete.

»Er hat mir so viel von dieser alten Frau erzählt, seit zwei Jahren erwähnte er sie bei jedem Besuch, all diese vielen Einzelheiten, so etwas kann sich doch keiner ausdenken.«

Vor vier Jahren hatte ich mit dem Rauchen aufgehört. Jetzt fragte ich Frau Drabold, ob ich mir eine ihrer Zigaretten nehmen durfte. Sie reichte mir die Schachtel *Camel* und ihr Plastik-Feuerzeug. Ich starrte auf drei Delphine, die im hohen Bogen aus dem Meer sprangen. Bei meinem letzten Besuch benutzte Jascha ein Feuerzeug mit dem gleichen Motiv. Ich rauchte, als hätte ich niemals damit aufgehört. Nicht einmal husten musste ich.

»Nach seinen Besuchen bei mir habe ich ihm immer vom Küchenfenster aus nachgesehen, er ist in Richtung

Innenstadt gelaufen, jedes Mal. Das wäre doch die falsche Richtung gewesen, wenn er am anderen Ende der Stadt gewohnt hätte. Bestimmt hatte er dort eine kleine Wohnung, aber meistens hat er bei dieser alten Frau gewohnt. Wenn ich nur ihren Nachnamen wüsste, dann könnte ich ihr Bescheid geben, sie wird sich doch wundern, wenn Jascha nicht mehr kommt.«

Als der Schmerz begann, bemerkte ich, wie tief ich den Fingernagel meines linken Zeigefingers herunter gekaut hatte.

Was sollte ich bloß sagen? Jaschas Mutter erwartete eine Reaktion von mir, natürlich erwartete sie die. Aber ich wusste nicht, was ich ihr antworten sollte. Meine rechte Hand presste ich fest auf meinen Mund, als wollte ich ihn verschließen. Ich konnte Jaschas Mutter auf keinen Fall die Wahrheit sagen; lieber schwieg ich.

Bei meinem letzten Besuch erzählte mir Jascha, dass er seiner Mutter immer Geschichten von einer alten Frau vorflunkerte, die es gar nicht gab. Ich hatte ihn gefragt, wieso er das mache und Jascha erklärte, er wolle nicht, dass seine Mutter plötzlich unangemeldet vor seiner Haustür aufkreuze, die erfundene Geschichte würde sie fernhalten. Regelmäßig würde er erst in die falsche Richtung gehen, wenn er ihre Wohnung verlasse, nur damit seine Geschichte stimmig sei.

Er sagte oft: »Ich wohne im Getto, dort sucht sich niemand freiwillig eine Wohnung aus, dort wird man vom Sozialamt eingewiesen.« Vielleicht schämte er sich deshalb, vielleicht wollte er sich auch nur ein bisschen interessant machen, vielleicht brachte die Geschichte mit der alten Frau etwas Farbe in seinen tristen Alltag und in den seiner Mutter, vielleicht brauchte er dieses bisschen fiktive Normalität, um seine Heroinabhängigkeit aushalten zu können, vielleicht wusste er aber auch einfach nicht, wohin mit seiner überbordenden Fantasie.

Auch ich hatte mich nie mit Jascha in seiner Wohnung getroffen. Aber jetzt wollte ich sehen, wo er gelebt hatte.

Ich ging die Straße entlang, vor dem Eingang der Hausnummer 13 standen zwei Kartons mit Müll. Im ersten Karton standen ein paar alte graue Turnschuhe, seine Turnschuhe. Er hatte so große Füße. Bei meinem letzten Besuch lagen fünf Zentimeter Schnee und er hatte diese dünnen Stoffturnschuhe an.

Mir wurde schwarz vor den Augen, nur mit größter Anstrengung konnte ich mich auf den Beinen halten. Mit letzter Kraft schleppte ich mich weg von dem Hauseingang, weg von den Hochhäusern.

Überall hier war Jascha allgegenwärtig. In der Mitte des Wohngebietes konnte ich ihn quasi am Kiosk stehen sehen. Aus der linken Brusttasche seiner verwaschenen Jeansjacke zog er eine Packung schwarzer *Van Nelle*, entnahm die Blättchen und drehte sich flink eine dünne Zigarette, die er zwischen Daumen und Zeigefinger hielt. Während er gierig an seiner Zigarette zog, den Rauch tief inhalierte, diskutierte er wild gestikulierend mit den am Kiosk Stehenden die aktuelle politische Lage. Ich konnte seine immer lauter werdende Stimme hören und seinen Lieblingstabak riechen.

12. Schutzengel

eine Welt ist zusammengebrochen. Seit ich von deinem Tod erfahren habe, ist nichts mehr wie zuvor. In meinem Brustkorb wütet dieser starke Schmerz. Mein Kopf kann nicht mehr denken. Diese tiefe Traurigkeit legt sich über alles. Jeder meiner Schritte, die ich gehe, ist unsicher. Wie soll ich ohne dich durch diese Welt gehen? Wie ohne dich leben? Du warst ein Teil von mir und ich ein Teil von dir und jetzt hast du mich allein in dieser gefährlichen Welt zurückgelassen.

Erschrocken fuhr ich durch ein lautes Rascheln in den Zweigen der nahen Rotbuche zusammen. Ein Eichhörnchen huschte den Stamm hinab, hielt vor Jaschas Grab inne, und rollte seinen bauschigen Schweif auf. Es sah mich einen Moment lang direkt an, nicht abschätzend oder ängstlich, eher als wolle es mich trösten.

Über ein Jahr habe ich dich nicht gesehen. Mehrmals haben wir miteinander telefoniert, dreimal hatten wir uns verabredet, aber du bist nicht gekommen. Deine Mutter hat gesagt, du hättest dich gefreut, mich zu sehen, doch dann hättest du es dir im letzten Augenblick immer anders überlegt. Alle deine Organe seien zerstört, dein Gesicht in der letzten Zeit aufgedunsen gewesen, es hätte maskenhaft gewirkt, fast wie das Gesicht eines Toten. Du hättest gesagt, ich solle dich so in Erinnerung behalten, wie ich dich kannte. Du warst so tief unten, aber trotz allem so verdammt stolz. Es wäre mir doch egal gewesen, wie du ausgesehen hättest, wenn ich dich doch nur noch einmal hätte sehen dürfen. Aber jetzt verstehe ich, warum du mich in den letzten Monaten nicht mehr sehen wolltest. Vor vielen

Jahren sprachen wir über den Tod und du sagtest: »Hannah, vor dem Tod musst du keine Angst haben. Ich werde viele Jahre vor dir sterben und da sein, wenn es bei dir so weit ist und dich in diese andere Welt begleiten.« Ich wollte wissen, wie ich dich erkennen würde und du sagtest: »Ich werde genauso aussehen, wie du mich zum letzten Mal lebend gesehen hast.«

Aufgewühlt, mit meinen Tränen kämpfend, haftete mein Blick an deinem Namen, der auf dem schlichten Holzkreuz stand, stände er nicht drauf, könnte ich nicht glauben, dass du dort liegst. Aber ich musste es glauben.

Als unsere gemeinsame Welt noch völlig in Ordnung war, sagtest du aus heiterem Himmel zu mir: »Hannah, ich werde dich niemals heiraten, nicht weil ich es nicht will, sondern, weil ich dich nicht mit einunddreißig Jahren zur Witwe machen werde.« Zuerst dachte ich, dass deine Mutter in diesem Alter war, als dein Vater starb, aber ich bemerkte schnell, dass dies nicht stimmte. Ich sagte fassungslos: »Du denkst, du fängst wieder an zu drücken und wirst dann sterben. Jascha, niemand weiß, wann er sterben wird.« Bei deinem wissenden Blick, mit dem du mich ansahst, gefror mir das Blut in den Adern. Und ich begriff, dass du dir sicher warst, die Zukunft zu kennen. Ja, du kanntest sie. Jetzt stehe ich hier an deinem Grab und bin einunddreißig Jahre alt.

Mein letzter Besuch bei dir war anders als alle anderen. Hand in Hand liefen wir stundenlang am Rhein entlang und erzählten. Dabei waren wir uns so nah wie schon lange nicht mehr. Zum Abschied gabst du mir mit deinen weichen vollen Lippen einen dicken Kuss auf meinen Mund. Ich bemerkte dieses Brennen sofort. Danach bestieg ich den Zug Richtung Mainz, setzte mich entgegen der Fahrtrichtung, winkte dir zu und sah, wie du am Gleis 1 die Treppe nach unten gingst. In diesem Augenblick wusste ich es: Ich würde dich niemals mehr wiedersehen. Dicke Tränen rannen über meine Wangen, auf meinem Mund brannte dein Kuss. Ich sagte mir immer wieder, dass dieses lodernde Feuer auf meinen Lippen von deinem starken Tabak kommt, aber noch nie hat ein Kuss von dir so gebrannt. Ich wusste, dies war der letzte Kuss, den ich jemals von dir bekommen würde, er würde sich auf meinen Lippen einbrennen – für immer.

Ich habe dich so sehr geliebt. Du hast mich an die Hand genommen. Mit dir habe ich meine ersten Schritte in dieses neue Leben gewagt. Mit dir war alles so einfach, durch diese Liebe war alles so einfach. Ich dachte, wenn es mir gelingt, mit dem Alkohol aufzuhören, dann schaffst du es, auch vom Heroin loszukommen. Ganz schön naiv, was?

Ströme von Tränen überfluteten lautlos mein Gesicht.

Es war ein warmer Tag Anfang April, die Sonne schien, aber ich fror. Der Himmel war strahlend blau, keine einzige Wolke war zu sehen. Und dann regnete es plötzlich. Ganz stark. Nur für eine Minute. Es war, als wären das Jaschas Tränen, als würden sich seine Tränen mit meinen vermischen.

Es dauerte lange, bis ich mich von seinem Grab losreißen konnte.

Mit der Straßenbahn fuhr ich in die Innenstadt.

Schon von Weitem sah ich Eddy. Er saß wie jeden Tag auf seiner Bank in der Bismarckstraße.

Heute Morgen beim Umsteigen in die Straßenbahn zum Hauptfriedhof kam er mir plötzlich entgegen. Eddy sah meine schwarze Kleidung und meine rot geweinten Augen und sagte: »Das Gerücht stimmt also!« Er umarmte mich und ich quetschte mit zugeschnürter Kehle hervor: »Ja, er ist tot. Kann ich dich heute noch sehen?« »Du weißt, wo du mich findest«, war seine Antwort. Ich war so unendlich froh, ihn zu treffen.

In den letzten Jahren war ich Eddy des Öfteren begegnet, wenn ich Jascha einen Besuch abstattete. Regelmäßig waren wir zu dritt Kaffeetrinken gegangen.

Jetzt stürzte ich mich in seine Arme und er hielt mich ganz fest. Eine dicke Wolke seines starken Tabaks umhüllte mich. Mit seinem Handrücken wischte er mir die Tränen aus meinem Gesicht und streichelte mit seinen Fingern sanft meine Wangen. Diese zärtliche Geste öffnete alle Schleusen. Ich verbarg mein Gesicht an Eddys Brust und musste immer heftiger und lauter weinen. Meine Tränen hinterließen große feuchte Flecken, die auf dem Revers von Eddys silbergrauem Sakko wie ein großer schwarzer Falter aussahen.

Behutsam strich er mir über den Kopf und sagte: »Hannah, lass es raus! Du musst den Schmerz zulassen.«

Zu Eddy hatte ich grenzenloses Vertrauen, bei ihm fühlte ich mich so sicher, als wäre er mein großer Bruder. Endlich konnte ich Rotz und Wasser flennen. Ich weinte so lange, bis keine Tränen mehr kamen.

»Du hältst mich bestimmt für eine doofe Heulsuse.«

»Quatsch! Ich weiß doch, wie sehr du Jacko geliebt hast.«

»Es tut so schrecklich weh.«

»Der Schmerz wird weniger.«

»Ich kann mir nicht vorstellen, dass der Schmerz weniger wird, er wird niemals aufhören. Man sagt, die Zeit heilt alle Wunden, aber ich weiß, es ist eine Lüge. Die Zeit lässt vieles in einem anderen Licht erscheinen, aber der Schmerz vergeht niemals wirklich.«

»Aber sicherlich wird er irgendwann erträglicher, du wirst dich daran gewöhnen.«

»Ich weiß, ich werde Jascha vermissen, solange ich lebe. Dieser Schmerz ist so intensiv, so unbarmherzig. Am liebsten würde ich ihn betäuben.«

»Du darfst diesen Schmerz nicht betäuben, denn er würde nach jeder Betäubung umso stärker zurückkommen. Du müsstest ihn immer und immer wieder abtöten und mit jedem Mal würde deine Sehnsucht nach Linderung des Schmerzes stärker. Und von Mal zu Mal müsstest du die Dosis erhöhen. Hannah, du musst diesen Schmerz zulassen, glaub mir, nur so kannst du ihn überwinden. Seit so vielen Jahren spielen Alkohol und Drogen keine Rolle mehr für dich. Du kannst dein Leben doch jetzt nicht einfach wegwerfen. Du wirst lernen, mit Jackos Tod zu leben. Versprich mir, dass du dir nichts besorgst, keine Betäubungs- oder Schmerzmittel, keine Schlaftabletten, kein Codein, keinen Alk! Nichts! Versprich es!«

»Ja, Eddy, ich verspreche es dir«, wisperte ich kleinlaut.

»Komm mit mir nach Hause, dort können wir besser reden«, schlug er vor.

Wir gingen an einer Buchhandlung vorbei, an den Außenständen klaute Eddy einen Bildband über Australien.

Es war mir peinlich und ich fauchte ihn an: »Lass das!«

»Ich brauche noch ein Geburtstagsgeschenk für Conny von der Drogenberatung«, sagte er und steckte den Bildband seelenruhig in meine Tasche; ich wehrte mich erst, ließ es aber geschehen.

Dann ging Eddy noch einmal zurück zur Buchhandlung und kam mit einem Taschenbuch wieder. »Hier, steck es schnell ein.«

»Du bist unmöglich.« Ich steckte das Taschenbuch ein, weil ich Angst hatte, dass uns jemand folgen könnte. »Für wen ist das?«, wollte ich wissen.

»Das ist ein Geschenk für dich. Ich habe gehört, das Buch soll echt gut sein, musst du unbedingt lesen.«

»O danke. Aber ich bleibe dabei: Du bist unmöglich.«

Eddy stellte sich mir in den Weg. »Bin ich möglich oder nicht?«

»Du bist möglichst unmöglich.« Ich hakte mich bei ihm im Arm unter und sagte: »Ich hätte nicht gedacht, dass ich heute noch einmal lachen könnte. Du tust mir gut.«

»Wir müssen noch ins Lebensmittelgeschäft einklaufen.«

»Du willst klauen? Nein, bitte nicht! Ich zahle alles!«

»Quatsch! Ich bin Kleptomane. Was soll ich tun?«

An der Kasse ließ sich Eddy die Zigarettensperre öffnen. Eine Schachtel Zigaretten legte er zu Kaffee, Kuchen und Schokolade auf das Förderband und zwei Schachteln ließ er in den Innentaschen seines Sakkos verschwinden. Keine Ahnung, wie er das geschafft hatte.

»Los, leg sie aufs Band!«, forderte ich ihn flüsternd auf.

Plötzlich stand ein Mann hinter Eddy, ich nahm an, dass es der Leiter des Supermarktes war, er nahm ihn an den Schultern, schüttelte ihn und schrie laut: »Hab ich dich endlich auf frischer Tat erwischt!«

Eddy drehte sich um und die beiden boxten und balgten sich.

Scheiße, dachte ich, gleich rufen sie die Polizei.

»Hallo alter Kleptomane!«

»Na, alter Spießer!«

»Darf ich vorstellen, das ist Martin, wir haben zusammen die Grundschule besucht. Und das ist Hannah, eine sehr gute Freundin, die ich schon seit einer Ewigkeit kenne.«

»Hallo Hannah!«

»Hallo Martin!«

Mein Puls raste, als wäre ich soeben völlig unvorbereitet meinen ersten Marathon gelaufen.

Wir verließen das Geschäft und ich sagte zu Eddy: »Du hättest mich wenigstens vorwarnen können, mir ist fast das Herz stehen geblieben, während der dich durchgeschüttelt und geboxt hat.«

Wir lachten und ich hakte mich wieder bei ihm unter.

Während wir die Bahnhofstraße entlanggingen, registrierte ich den irritierten Blick einer entgegenkommenden Mutter, die einen Kinderwagen vor sich herschob. Ich dachte, wir beide wirken wie ein sehr ungleiches Paar. Trotz tadelloser Kleidung machte Eddy einen düsteren, fast zombiehaften Eindruck, wie jemand, der seit vielen Jahren in einem Straflager eingesperrt war, ohne die geringste Hoffnung auf Heimkehr, und nicht fassen konnte, noch immer am Leben zu sein. Nach über zwanzig Jahren Alkohol- und Heroinabhängigkeit war Eddy ausgezehrt bis auf die Knochen; eine Droge war ihm nie genug gewesen. Diese lange Sucht hatte sich tief in seine Gesichtszüge hineingegraben. Daher musste man schon mehrmals hinsehen, um in seinem hageren und zerklüfteten Gesicht mit der fahlen Haut auf diese besonderen aquamarinblauen Augen aufmerksam zu werden.

In meine Nase stieg der Geruch von zitronenfrischer Sauberkeit; nicht nur Eddys Küche, sondern die ganze Wohnung war aufgeräumt und strahlend, als hätte er regelmäßig Besuch von *Meister Proper*. Sofort musste ich an Jaschas Wohnung denken, obwohl ich diese niemals gesehen hatte, wusste ich doch, dass er die letzten Jahre in einer verwahrlosten Junkburg gelebt hatte.

Eddy warf die Kaffeemaschine an, während ich den Marmorkuchen aus seiner Zellophanhülle befreite und aufschnitt. Dann öffnete Eddy feierlich die Tür zu seinem

Zimmer. Mein erstaunter Blick fiel auf das abgelaugte, schmale Buffet, das am Kopfende des Wohnzimmertisches stand. Im Oberteil hatte der Küchenschrank zwei kleine bunte Fensterscheiben, die vorderen Füße des Aufsatzes waren gedrechselt. Sanft strich ich über die glatte, gleichmäßig gemaserte Holzfläche.

»Schöner Schrank!?«

Eddy sah mich mit einem spitzbübischen Grinsen an und sagte: »Hab ich vor vielen Jahren jemanden abgekauft, der unbedingt sofort Drogen brauchte.«

»Ich bin froh, dass du ihn hast. Wir haben die beiden Teile damals unabhängig voneinander auf dem Sperrmüll gefunden. Dass sie zusammenpassen würden, hatte ich nicht erwartet, ich konnte mir die Schränke auch nicht ohne die alte abgeblätterte Farbe vorstellen. Jascha gab sich so viel Mühe mit dem Restaurieren, und danach war er so stolz auf sich, als hätte er eine Goldmedaille in einer olympischen Disziplin gewonnen.«

In meinen Gedanken versunken sah ich Jascha im Keller unserer gemeinsamen Wohnung, dort werkelte er jedes Wochenende und oft auch bis spätabends an seinen Schränken. Das Küchenbuffet war sein Meisterstück geworden.

»Ich hätte Jascha damals nicht so unter Druck setzen dürfen. Aber ich wollte doch nicht, dass er geht, ich wollte nur, dass er wieder aufhört mit den Drogen.«

Eddy strich mit seiner skelettartigen rechten Hand seine schulterlangen graumelierten Spaghettihaare aus dem Gesicht und drehte sich mit seinen tabakgelben Fingern eine Zigarette, dann sagte er: »Hannah, er war ein Junkie, du hast das einzig Richtige getan, sonst wärst du selbst irgendwann draufgegangen. Mit uns hält man es nicht wirklich lange aus. Und wenn man uns liebt, dann müssen wir diese Liebe irgendwann zerstören. Hannah, du darfst dir keine

Vorwürfe machen, du hättest nicht anders handeln können.«

»Da bin ich mir nicht so sicher«, presste ich hervor und
wischte mir erneut die Tränen weg, die immer wieder über
meine Wangen kullerten. Ich sah Eddy an und dachte:
Trotz der vielen Drogen ist dieses intensive Strahlen in seinen Augen noch nicht ganz erloschen und da ist immer
noch dieser ehrliche, treue Blick eines Schuljungen.

»Was wäre denn passiert, wenn du bei ihm geblieben
wärst? Hannah, du hättest ihn irgendwann gehasst, aber du
hast deine Liebe zu Jacko gebraucht, um in dieser Welt zu
überleben.«

Wir sprachen noch lange über Jascha.

Aus der Glaskanne schenkte ich uns beiden eine weitere
Tasse Kaffee ein. Ich trank einen großen Schluck kalte
braune Brühe.

Nachdem Eddy mich einige Minuten schweigend angesehen hatte, sagte er: »Hannah, ich habe so verdammt viele
Fehler in meinem Leben gemacht. Für diese vielen Sünden
werde ich ewig in der Hölle schmoren.«

»Du wirst bestimmt nicht ewig in der Hölle schmoren«,
sagte ich, »denn du hast auch viel Gutes getan.«

Eddy runzelte seine Stirn, die aussah wie ein Betttuch,
das unzählige Falten warf. »Über mich gibt es nichts Gutes
zu berichten. Gar nichts!«

»Weißt du überhaupt, wie wichtig du damals im *Home*
für mich warst? Du hast mir so oft ins Gewissen geredet,
du hast immer und immer wieder zu mir gesagt: ›Hannah,
du bist noch so jung, du schaffst es, mit dem Alkohol und
den Tabletten aufzuhören.‹ Du hast gesagt: ›Ich glaube an
dich, ich glaube ganz fest an dich.‹ Eddy, du warst der einzige Mensch, der an mich glaubte, nicht einmal ich selbst

konnte mir vorstellen, jemals ohne Alkohol und Drogen zu leben. Du sagtest: ›Hannah, du wirst jemanden lieben, eine Ausbildung machen und ein ganz normales Leben führen, in dem Alkohol und Drogen keine Rolle spielen werden. Aber du musst die Hände weg vom Heroin lassen.‹ Immer wieder musste ich dir versprechen, dass ich niemals harte Drogen nehmen würde.«

Eddy drehte sich konzentriert eine Zigarette, hielt sie mehrere Minuten lang zwischen Daumen und Zeigefinger, ohne sie anzuzünden. Sein Blick war abwesend und finster, seine Gedanken schienen tief in der Vergangenheit auf Grund gelaufen zu sein.

»Hannah, du denkst, ich wäre ein guter Mensch, aber ich bin ein Schwein, echt, eine riesengroße Sau. Glaubst du, ich habe niemanden angefixt? Einer Sechzehnjährigen habe ich den ersten Schuss gesetzt, Scheiße, als sie an der Nadel hing ... na ja, da, ja ... da hab ich sie auf den Strich geschickt. Du kannst dir nicht vorstellen, wie viel Scheiße ich gebaut hab in meinem Leben.«

»Ja, ich weiß, Eddy. Du hast viele Fehler gemacht, schlimme Fehler, sehr schlimme. Aber für mich warst du immer ein guter Freund. Im *Home* konnte ich über alles mit dir reden, wie einen großen Bruder konnte ich dich jederzeit um Rat fragen. Und einmal, als alle Heroin sniefeten, da gab Carlos das Briefchen mit dem H an mich weiter. Du bist von deinem Sessel aufgesprungen, hast es mir aus der Hand gerissen und mich angeschrien: ›Hab ich dir nicht schon tausend Mal gesagt, du sollst die Finger von diesem verdammten Zeug lassen?‹ Dann hast du Carlos angeherrscht: ›Ich denke, Hannah ist deine Freundin, wie kannst du ihr dann Heroin geben?‹ Und danach hast du in einem ruhigen, aber sehr bedrohlichen Ton verkündet:

›Leute, ich habe euch etwas zu sagen. Hannah steht unter meinem ganz persönlichen Schutz. Wenn ich jemals erfahre, dass einer von euch Hannah Heroin, Kokain oder ein anderes hartes Zeug gegeben hat, ich schwöre euch, derjenige wird seines Lebens nicht mehr froh.‹ Mich hast du später zur Seite genommen und gesagt: ›Hannah, es tut mir leid, dass ich dich so angefahren habe, aber ich habe einfach Angst um dich.‹ Du warst der einzige Mensch, der Angst um mich hatte.«

Eddys Augen klebten an meinen Lippen. Im roten steinernen Aschenbecher glomm seine angerauchte Zigarette vor sich hin.

»Ich war beeindruckt von der Macht, die du über die Leute im *Home* hattest, sie wollten mir am nächsten Tag nicht einmal mehr etwas zu kiffen geben. Aber am meisten war ich beeindruckt von der Macht, die du über mich hattest, denn ich wollte jetzt keine harten Drogen mehr. Ich fühlte, dass ich dir wichtig war, und wollte dich nicht enttäuschen. Und später, als ich mit dem Alkohol aufgehört habe, jedes Mal, wenn ich zu zweifeln begann, dann habe ich deine Stimme gehört, immer und immer wieder. Tja, du warst mein Schutzengel. Ich verdanke dir sehr viel Eddy, vielleicht nicht weniger als mein Leben.«

Diese undurchdringliche Hülle aus Schmerz und Trauer, die Eddy wie alle langjährig Süchtigen umgab, schien kurzzeitig von ihm abgefallen zu sein. In seinem zerfurchten Gesicht breitete sich ein geheimnisvolles, fast stolzes Lächeln aus.

»Gerne würde ich etwas für dich tun. Eddy, sag mir, was du brauchst.«

»Ich brauche nichts, Hannah. Ich habe alles, was ich brauche. Ehrlich.«

Ich schrieb ihm meine Anschrift und Telefonnummer auf. »Wenn du eine Auszeit brauchst, komm einfach vorbei und ich verwöhne dich ein paar Tage.«

»Du wirst dich wundern, wenn ich plötzlich bei dir aufkreuze.«

»Geht schon in Ordnung. Melde dich, wenn ich etwas für dich tun kann. Ich meine das ernst.«

Der Schatten der Nacht, der sich inzwischen über die Stadt gelegt hatte, war auch in Eddys Zimmer eingedrungen, nur noch schemenhaft nahmen wir uns wahr.

Bevor ich ging, umarmten wir uns sehr lange. Eddy hielt mich ganz fest. Ich gab ihm einen dicken Kuss auf seine rechte Wange.

»Danke Eddy! Danke für alles! Ich weiß nicht wie ich diesen Tag ohne dich überstanden hätte. Du warst schon wieder mein Schutzengel.«

13. Das rubinrote Tagebuch

Katjas Kopf sank in Zeitlupe, doch unaufhaltsam, wie die untergehende Sonne am Abendhimmel, in den tiefen Teller Suppe.

Das war das Erste, was ich sah, als ich an diesem Abend zur Tür hereinkam. Biggi befreite Katjas Kopf umgehend aus der Erbsensuppe. Sie verpasste ihr ein paar saftige Ohrfeigen, um sie ins Leben zurückzuholen. Katjas Augen waren nach oben verdreht, sie röchelte. Ich hörte, dass Jonathan vom Tagdienst den Notarzt und einen Krankenwagen telefonisch herbeirief. Ich dachte: Das wird wieder eine anstrengende Nacht, hoffentlich kommt Thomas bald. Meist hatten wir gemeinsam Nachtwache, er war Medizinstudent und somit für die Notfälle zuständig.

Seit zwei Monaten arbeitete ich in dieser Übernachtungseinrichtung für obdachlose Drogenbenutzer im Frankfurter Bahnhofsviertel. Einmal in der Woche war ich dort als Aushilfsnachtwache tätig; an diesen Wochentagen hatten alle festangestellten Mitarbeiter am Nachmittag ihre regelmäßige Dienstbesprechung. Es war nicht immer leicht, die wöchentliche Nachtwache mit meinen anderen beiden Jobs zu koordinieren, mit denen ich mir mein Studium der Sozialarbeit mit den Schwerpunkten *Drogenberatung* und *Arbeit mit behinderten Menschen* finanzierte.

Mein Dienst begann regelmäßig um 22:30 Uhr. Nach der Übergabe war die Tätigkeit der Tagschicht beendet und wir, Thomas und ich, schlossen die Haustür ab, denn die Leute, die da waren, würden die Nacht hier verbringen. Meist waren es um die zwanzig Besucher. Sie wechselten ihre Kleidung, die wir für sie bis zum nächsten Tag wuschen und trockneten, denn viele besaßen lediglich die Garderobe, die sie an ihrem Leib trugen.

Der Notarzt traf ein und versorgte Katja. Schon zum zweiten Mal kamen sie an diesem Tag, berichtete Jonathan. Der Notarzt ließ Katja hier, sie lassen sie meist hier, Junkies machen im Krankenhaus nur Ärger. Ich überredete Katja dazu, sich ins Bett zu legen. Wir würden jede halbe Stunde nach ihr sehen müssen in dieser Nacht und prüfen, ob sie noch atmete. Als ich meiner Hausärztin vor zwei Wochen sagte, dass ich diese Aushilfsnachtwachen liebe, sah sie mich an, als hätte ich nicht alle Tassen im Schrank. Aber es stimmte. Es war ja nicht so, dass ich in dieser Einrichtung nur etwas gab, ich bekam auch eine Menge zurück. Ich mochte diese Menschen hier und ich fühlte mich wohl unter ihnen. Ja, ich war eine von ihnen, noch immer.

Bevor ich mit meinem allerersten Dienst begann, hatten mir drei Junkies Geständnisse über meine eigene Drogen- und Alkoholzeit entlockt. Es war unmöglich, solche Geheimnisse vor den Junkieveteranen zu bewahren.

Ich war eine halbe Stunde früher gekommen und sah mich in der Einrichtung um. Dann ging ich zu einem Tisch, an dem drei ältere Junkies saßen. Ich deutete auf einen Stuhl und fragte, ob der Platz noch frei sei und einer sagte: »Der ist extra für dich reserviert.«

Ich bedankte mich und setzte mich.

Sie wollten meinen Namen wissen und sagten mir ihre.

»Und was machst du hier?«, wollte Francesco wissen.

»Ich bin die neue Aushilfsnachtwache.«

Tom fragte: »Hast du irgendwann gedrückt?«

»Nein, habe ich nicht.«

»Aber du hattest schon Kontakt zur Drogenszene, oder? Ich meine nicht beruflich.«

»Äh, ja«, stotterte ich. »Wie kommst du denn da drauf?«

»Weißt du«, erklärte Francesco, »heute ist deine erste Nachtwache.« Er sah auf seine Uhr. »Du bist eine halbe Stunde früher gekommen und hast dich zu uns an den Tisch gesetzt. Du interessierst dich für uns, willst wahrscheinlich wissen, was gerade so in der Szene abgeht. Ich wette, du hast dir sofort unsere Namen gemerkt. Die meisten, die hier neu anfangen, haben, na ja, sagen wir mal, Berührungsängste mit Junkies. Einige haben sogar ein bisschen Angst vor uns. Die meisten würden sich zunächst zum Tagdienst setzen und sich über ihre Tätigkeit informieren. Du aber sitzt hier und behandelst uns auf Augenhöhe. Also, raus mit der Sprache.«

Ich erzählte ihnen, dass ich trockene Alkoholikerin bin und auch tablettenabhängig war. Ich ließ auch nicht aus, dass ich mit siebzehn Jahren einige Monate in einer Einrichtung für obdachlose Drogenabhängige gelebt hatte und drei Jahre mit einem Junkie, zeitweise Ex-Junkie, zusammen war.

»Jetzt wissen wir eine Menge über dich. Bevor wir dir jetzt über unser Leben berichten, möchte ich nur noch wissen, ob du einen Kaffee möchtest.«

»Gerne!«

»Dann musst du mir nur noch sagen, wie du ihn am liebsten trinkst.«

Francesco ging in die Küche und kam mit einem großen Pott Milchkaffee für mich zurück, bevor er mir sein Leben in Kurzzusammenfassung darlegte.

Auch jetzt brachte mir Francesco eine Tasse Milchkaffee, denn mein Dienstbeginn war erst in fünfundzwanzig Minuten. Ich hatte mich wie immer früher eingefunden, um mich mit den anwesenden Besuchern zu unterhalten und einen Kaffee zu trinken. So war ich immer bestens über alle Gerüchte und Neuigkeiten aus der Frankfurter Drogenszene informiert. Francesco war einer von den alten Junkies, die hauptsächlich Heroin konsumierten, die mochte ich am liebsten. Ich drehte mir eine Zigarette, nach Jaschas Tod hatte ich wieder mit dem Rauchen begonnen. Meinen Tabak legte ich in die Mitte des Tisches.

»Das war der fünfte Notarzteinsatz, den ich heute mitbekommen habe.«, sagte Francesco.

Toni sagte: »Ich hätte gestern auch beinah den Löffel abgegeben.«

Den Löffel abgeben, dachte ich, trifft bei Junkies in besonderer Hinsicht zu.

»Hast du schon das neueste Gerücht gehört?«, mischte sich Biggi ein. Ich schüttelte den Kopf. Meist endeten diese Gerüchte damit, dass jemand verstorben war. »Sybille soll's erwischt haben.«

»Scheiße«, sagte ich, »hoffentlich ein Gerücht, das sich nicht bestätigt.«

Aber in der Regel bestätigten sich alle Gerüchte. Leider. Einmal kam Francesco abends zur Tür herein, nachdem am Tag zuvor das Gerücht die Runde gemacht hatte, er hätte sich einen goldenen Schuss gesetzt. Einen Augenblick lang herrschte eine unheimliche Stille, als wäre Francesco ein Geist, dann wurde er von allen Anwesenden stürmisch umarmt.

Biggi wollte wissen, was mein Studium macht.

»Fuck, die meisten Sozialarbeiter und Psychologen sind Pisser«, stänkerte Toni.

»Mensch, pass auf was du sagst«, drohte ihm Francesco, »das hier ist Hannah.«

Auch Biggi verteidigte mich. »Trifft ja wohl auf Hannah nicht zu, die ist okay.«

»Ich meine ja nicht Hannah. Aber echt, die meisten von diesen Sozialfuzzis studieren das doch nur, weil die selbst nicht mit sich und ihrem Leben klarkommen. Und uns Junkies wollen sie dann groß sagen, wo's lang geht und die Welt erklären. Diese Typen habe ich so was von gefressen.«

Mir fielen auf Anhieb einige Studenten ein, auf die Tonis Beschreibung zutraf. Bei ihnen war ich mir in der Tat nicht sicher, ob man sie auf die Menschheit loslassen sollte.

»Da hast du nicht ganz unrecht, Toni«, pflichtete ich ihm daher bei. Er war überrascht, da er mit erbittertem Widerstand meinerseits gerechnet hatte. »Ich habe auch schon eine Menge Arschlöcher in den Beratungsstellen erlebt, aber es gab auch ein paar Sozialarbeiter, die sich echt für mich eingesetzt haben.«

Toni lenkte ein: »Stimmt, klar, kann man nicht alle über einen Kamm scheren, du bist in Ordnung und Tina auch.«

»Wer ist Tina?«, wollte ich wissen.

»Die hat einige Jahre gedrückt, sie arbeitet seit Kurzem hier als Nachtwache, sie will auch Sozialarbeit studieren, zurzeit macht sie an der Hermann-Hesse-Schule ihr Abi nach«, erklärte Francesco.

Mein Dienst begann, ich stand auf und ging zur Theke. Inzwischen war auch Thomas eingetroffen. Mit den Leuten vom Tagdienst machten wir die Übergabe. Ich schaute auf die Namensliste der Übernachtungsgäste und dachte, das wäre ein Witz. Vierzehn Leute hatten den gleichen indischen Nachnamen. Vierzehn Besucher von dreiundzwanzig! Ich sah mich um, konnte aber keinen einzigen Menschen erblicken, der einem Inder auch nur im Entferntesten ähnlichsah.

Auf meine Frage, wo denn die Inder seien, erntete ich schallendes Gelächter des Tagdienstes.

»Da wollte wohl eine indische Großfamilie unbedingt in Deutschland bleiben. Für zwei- bis fünftausend Eier waren unsere Besucher als Eheleute zu haben.«

Jetzt war mir auch klar, wieso ständig der Notarzt kommen musste, das Geld wurde umgehend in Heroin investiert.

Um dreiundzwanzig Uhr gingen alle brav wie auf Kommando ins Bett. Nachdem wir allen eine gute Nacht gewünscht hatten, unterhielt ich mich noch einige Minuten mit Thomas, bevor er sich für drei Stunden aufs Ohr haute. Während der Zeit musste ich alleine die Wäsche waschen, den Trockner anwerfen und regelmäßig durch die Schlafsäle gehen und kontrollieren, ob alle Besucher noch atmeten. Heute würde ich besonders ein Auge auf Katja werfen.

Als ich von meinem Routine-Rundgang zurückkam, stand Biggi vor dem Dienstzimmer. »Ich kann nicht schlafen. Darf ich ein bisschen mit dir quatschen?«

»Na klar, können wir reden.«

Wir gingen nach unten ins Café. Dort warf ich den Wasserkocher an, um uns erst einmal eine große Kanne grünen Tee zu kochen. Ich hatte zwei chinesische Teetassen mit heruntergenommen.

»Die Tassen sind aber schön. Hab ich noch nie hier gesehen.«

»Die habe ich zur zweiten Nachtwache von zu Hause mitgebracht«, sagte ich, »das macht es doch gleich viel gemütlicher.«

Biggi hatte schon zweimal hier übernachtet, während ich Dienst hatte. Sie muss einmal sehr hübsch gewesen sein. Inzwischen bestand sie aus Haut und Knochen, ihr gesamter Körper war übersät mit großen hässlichen

Abszessen, ihr langes schwarzes Haar war stumpf und strohig. Durch ihre liebe und hilfsbereite Art war sie mir vom ersten Augenblick an sehr sympathisch gewesen.

»Hmm, der Tee schmeckt gut.«

Ich schenkte uns beiden nach.

»Ich weiß ja, dass wir hier schlafen sollen. Aber schlafen kann ich auch bei den Freiern. Ich habe eine Menge Stammfreier; die lassen mich immer bei sich übernachten. Aber reden kann ich mit denen nicht.«

Und dann erzählte mir Biggi ihr Leben, wie alles anfing mit den Drogen, wie sie schwanger wurde und mit dem Heroin aufhörte, wieder und wieder rückfällig wurde. Sie berichtete, dass sie aus Köln komme, vor einigen Jahren sei sie irgendwie in Frankfurt gelandet.

»Ich bin nicht nur positiv, ich bin an HIV erkrankt, Endstadium sozusagen.«

»Scheiße«, sagte ich, »das tut mir sehr leid.« Sanft streichelte ich ihren Arm, meine Hand ließ ich dort liegen, während sie weitererzählte.

Sie sagte, dass sie in Frankfurt Arno kennengelernt hätte. Der schlief heute auch hier. »Und dann habe ich mit ihm zwei Jahre in diesem kleinen Kaff in der Vorderpfalz gewohnt.«

»Welches Kaff denn?«, wollte ich neugierig wissen.

»Ach, das kennst du nicht, kannst du gar nicht kennen, wenn du im Taunus wohnst.«

»Wie heißt es, sag doch mal.«

»Kennst du nicht, ehrlich; diese Kleinstadt kannst du gar nicht kennen.«

»Los, sag schon, wie dieses Kaff heißt«, forderte ich Biggi erneut auf.

Dann endlich nannte sie Arnos Geburtsort.

In breitem pfälzischem Dialekt sagte ich: »Ei, was glaabschd'n du, wo ich gebore bin?«

»Nä, oder?«

»Ajoh. Und Arno kenne ich auch von der Szene. Er kam mir gleich bekannt vor.«

»Wahnsinn! Ich glaub's nicht.« Biggi umarmte mich.

Jetzt machte ich aber erst einmal meine Runde durch die Schlafsäle, Biggi kam mit. Katja schlief ganz friedlich. Zum Glück!

Als wir wieder unten im Café saßen, wollte Biggi alles über mich wissen. Ich kochte noch zwei weitere Kannen Tee.

Wir unterhielten uns die ganze Nacht.

Am Morgen half mir Biggi beim Zubereiten des Frühstücks. Während ich Kaffee kochte, besorgte sie in der Frühbäckerei die Brötchen.

Arno kam herunter und Biggi erzählte ihm, dass ich aus seinem Heimatkaff stamme.

»Wen kennst du denn so aus der Drogenszene?«, wollte Arno wissen.

Ich zählte zehn Leute auf, dabei die besten Freunde von ihm, und er sagte immer nur: »Tot, tot, tot, alle tot. Kennst du sonst noch Junkies aus der Gegend?«

»Am besten kannte ich Jascha, besser bekannt als Jacko, aber auch er ist Ende März gestorben.«

»Du kanntest Jacko?«

»Ja, ich kannte ihn ziemlich gut. Wir waren drei Jahre zusammen.«

»Du warst drei Jahre mit Jacko zusammen?« Nach einer kurzen Pause sagte Arno: »Hannah, du bist jetzt aber nicht die Erzieherin, die inzwischen Sozialarbeit studiert und mit Jacko im Taunus gelebt hat?«

»Doch, genau die bin ich.«

»Ich habe letztes Jahr vier Monate bei Jacko in seiner Junkburg im Getto gehaust.« Arno sah mich intensiv an.

»Hattest du einmal lange Haare? Er hatte etliche Bilder von einer Frau mit langen braunen Haaren.«

»Ja, das war ich, etwas jünger, viel jünger.«

»O Mann, er hat ständig von dir geredet. Mit dir hätte er eine echte Chance auf ein drogenfreies Leben gehabt, aber auch die hätte er vergeigt. Er hat wirklich stundenlang von dir geredet, immer und immer wieder.«

»Das ist sehr schön. Wie klein diese Welt doch ist.«

Es war toll, mit Arno über Jascha zu reden.

Erst jetzt bemerkte ich die Stille im Raum, alle hatten uns zugehört, alle Gäste und natürlich auch Thomas.

Als alle Besucher gegangen waren, sagte Thomas irritiert, als könne er die Welt nicht mehr verstehen: »*DU* warst in der Drogenszene? Und *DU* warst mit einem Junkie zusammen? Das hätte ich niemals für möglich gehalten.«

Irgendwie hatte ich – wie es schien – sein Weltbild ins Wanken gebracht.

Als ich eine Woche später meinen Dienst antrat, waren Biggi und Arno wieder da. Biggi umarmte mich und wollte wissen, ob wir beide wieder quatschen könnten.

»Klar«, sagte ich, »ich kann mir nichts Schöneres vorstellen.«

Hülya umarmte mich und zeigte mir stolz ihren verbundenen linken Arm. »Ich war beim Arzt, danke, Hannah, dass du letzte Woche so hartnäckig warst. Ich hatte so eine Angst. Der Arzt hat gemeint, wenn ich noch länger gewartet hätte, wäre es kritisch geworden. Ich hätte wirklich noch einmal Glück gehabt. Danke!«

In meiner letzten Nachtwache hatte ich Hülya sogar angeboten, mit zum Arzt zu kommen, da sie so eine große Angst vor dem Arztbesuch hatte. Ihre Abszesse sahen schrecklich aus.

»Hallo, Hannah, schön, dass du da bist.« Francesco brachte mir meinen Kaffee, genauso wie ich ihn liebte, mit einem großen Schuss Milch.

Dann erfuhr ich, dass sich Sybille letzte Woche im Bahnhofsklo ihren allerletzten Schuss gesetzt hatte. Wieder hatte sich ein Gerücht bestätigt. Ich hatte Sybille nur ein einziges Mal bei einer Nachtwache getroffen, aber trotzdem machte mich ihr Tod traurig.

In dieser Nacht erzählte mir Biggi von ihrer Tochter Neele. Während ihrer Schwangerschaft habe sie mit den harten Drogen aufgehört. Es wäre ihr sehr schwergefallen, aber sie habe es geschafft. Den Vater hätte sie verlassen, als sie im fünften Monat schwanger war, denn er wollte nicht mit dem Heroin aufhören. Sie sei dann wieder zu ihren Eltern gezogen.

»Als ich das Kind sah, habe ich mir geschworen, dass ich keine harten Drogen mehr anrühren werde, niemals mehr. Ich hab diesen Wurm so sehr geliebt.« Ein Jahr schaffte sie es, clean zu bleiben, dann setzte sie sich wieder einen Schuss.

»Warum, das weiß ich gar nicht mehr, es ist einfach so passiert. Ich hatte vor, nur einmal in der Woche zu drücken. Eine Zeitlang hat das gut funktioniert, aber dann war ich wieder drauf, obwohl ich dachte, ich hätte noch alles voll unter Kontrolle.«

Ich schenkte Biggi erneut eine Tasse grünen Tee ein. Dann drehte ich uns beiden eine Zigarette, während Biggi weitererzählte. Ich zündete beide Zigaretten an und reichte eine an Biggi weiter.

Immer wieder erzählte sie, wie sehr sie ihre Tochter vermisse.

»Es tut so weh, dass ich Neele nicht sehen kann. Dieser Schmerz ist riesengroß, nicht einmal durch das Heroin wird er weniger.«

Neele, mittlerweile schon zwölf Jahre alt, lebe bei Biggis Eltern in Köln. Diese seien alles andere als arm, ihr Vater verdiene eine Menge Kohle als Filmproduzent.

Auf meine Frage, wie lange Biggi ihre Tochter nicht mehr gesehen hätte, sagte sie: »Drei Jahre.«

Inzwischen waren ihre Augen schon sehr feucht.

»Warum nimmst du nicht Kontakt mit Neele und deinen Eltern auf?«

»Mensch Hannah, es ist besser, wenn meine Tochter so eine Mutter nicht sieht.«

»So ein Quatsch. Du musst unbedingt Kontakt zu ihr aufnehmen. Sie braucht dich doch.«

»Für Neele sind meine Eltern ihre Eltern, ich würde sie nur durcheinanderbringen, außerdem glaube ich nicht, dass es für meine Eltern eine Freude wäre, wenn ich dort aufkreuzen würde.«

»Das ist egal, ob es deine Eltern freut oder nicht. Es ist doch wichtig, dass deine Tochter Kontakt zu dir hat.«

»Sie hasst mich. Ich bin sicher, sie würde mich nicht sehen wollen.«

»Nein, sie wird dich nicht hassen, Biggi. Ganz sicher nicht. Sie wird spüren, dass du sie liebst und wie sehr du dich um sie sorgst. Vielleicht ist der erste Kontakt zu ihr nicht einfach. Aber du musst diesen Schritt wagen.«

»Ja, Hannah, du hast recht, wahrscheinlich sollte ich genau das tun. Aber ich habe so eine große Angst. Ich weiß, sie hasst diese kranke, verwahrloste, obdachlose Junkie-Mutter.«

»Ich bin sicher, sie wird merken, wie sehr du sie liebst.«

Biggi umarmte mich und ihre Tränen befeuchteten meine Wangen.

Sie zog den Bademantel fester zu und ich sagte: »Du frierst, sollen wir dir aus der Kleiderkammer einen wärmenden Pulli holen?«

»O ja!«

In der Kleiderkammer suchte sich Biggi einen dunkelroten Mohairpulli aus.

»Der ist schön. Er streichelt meine Haut. Und ich liebe kräftiges Rot.«

Dann saßen wir wieder im Café und Biggi fragte: »Möchtest du über deinen Freund reden, der vor einem halben Jahr gestorben ist? Erzähl mir von Jascha.«

Und dann war ich diejenige, die erzählte und erzählte und der die Tränen kamen. Erst mitten in der Nacht legte sich Biggi schlafen.

Am nächsten Morgen stand ich an Biggis Bett, auf dem Nachttisch war ein Bild von ihr, auf dem sie ihre kleine Tochter auf dem Arm hielt. Biggi war bildhübsch, mit ihren smaragdgrünen leuchtenden Augen und ihrem langen schwarzen Haar, sie sah so stolz aus. Das andere Bild zeigte ihre Tochter mit einer Schultüte im Arm. Neele sah der bildhübschen Mama sehr ähnlich.

Biggi schlug die Augen auf. »Hannah, ich hab bald Geburtstag, darf ich dich zu meiner Geburtstagsfeier hier einladen?«

»Klar, ich komme gerne. Soll ich dir einen Kuchen backen?«

»Du willst mir wirklich einen Geburtstagskuchen backen?« Sie suchte ihre Kleidungsstücke zusammen, sanft strich sie über den roten Mohairpulli und wollte ihn mir zurückgeben.

»Das ist doch jetzt dein Pulli«, sagte ich und verweigerte die Annahme. »Ja, Biggi, ich backe dir sehr gerne einen Geburtstagskuchen. Was magst du denn am liebsten?«

»Käse-Sahne-Torte. Ich liebe Käse-Sahne-Torte.«

»Die kann ich gut. Abgemacht, ich back dir eine Käse-Sahne-Torte.«

»Wahnsinn! Ich weiß gar nicht mehr, wann mir zum letzten Mal jemand einen Geburtstagskuchen gebacken hat. Das muss ewig her sein.«

Beim Frühstück wollte Arno wissen, wen ich noch alles aus unserer gemeinsamen Heimat kannte. Ich nannte Eddys Namen.

Arno schrie fast: »DU kennst EDDY?«

»Er ist einer meiner Schutzengel, er hat mir die harten Drogen abgenommen«, sagte ich, »wir kennen uns aus dem *Home*, dort habe ich mit siebzehn Jahren einige Monate bei Carlos gewohnt. Eddy hat zu dieser Zeit auch in der Übernachtungseinrichtung gelebt. Er war für mich wie ein großer Bruder. Eddy hat mich unter seinen persönlichen Schutz gestellt, keiner durfte mir harte Drogen geben und ständig musste ich ihm versprechen, dass ich meine Finger vom Heroin lasse.«

Arno wollte wissen, wann ich wieder Nachtwache hatte, und ich schrieb ihm die Termine auf. In der kommenden Woche arbeitete ich außerdem die gesamte Woche als Urlaubsvertretung.

»Eddy ist öfter in Frankfurt zum Einkaufen. Ich bring ihn mit.«

»Das wäre toll. Eddy würde ich sehr gerne wiedersehen. Ich habe ihn zum letzten Mal nach Jaschas Tod getroffen.«

Arno und Biggi waren schon zur Tür gelaufen, Biggi kam noch einmal zurück. Sie umarmte mich und gab mir auf jede Wange einen dicken Kuss. »Danke, Hannah, du bist wirklich eine gute Freundin. Ich hab dich lieb.«

»Ich hab dich auch lieb, Biggi.«

Sie war schon wieder ein Stück Richtung Tür gegangen. Jetzt kam sie noch einmal zurück und sah mich lange an, bevor sie sagte: »Kann man so etwas wie mich denn überhaupt liebhaben?«

»Ja, Biggi. Du bist einer der liebenswertesten Menschen, die mir in meinem ganzen Leben begegnet sind.«

Noch einmal umarmte sie mich und küsste mich auf die Wangen. »Danke. Ich hab dich sehr, sehr lieb.«

»Ich hab dich auch sehr lieb, Biggi. Pass gut auf dich auf, bis nächste Woche.«

Ich musste nicht lange überlegen, was ich Biggi zum Geburtstag schenken würde. Beiläufig hatte sie erwähnt, dass sie bisher immer Tagebuch geführt habe, aber ihr letztes Heft sei vollgeschrieben. Daher beschloss ich, ihr zum Geburtstag ein Tagebuch zu kaufen.

Nachdem ich in drei Schreibwarengeschäften nicht fündig geworden war, fiel mir der Geschenkladen am *Schweizer Platz* ein. Dort hatte ich schon des Öfteren etwas Besonderes gefunden. Und etwas Besonderes sollte es sein. Und dann war es, als würde nicht ich das Tagebuch finden, sondern es fand mich. Das rubinrote Tagebuch strahlte mich an. Ja, das war das richtige Geschenk. Es war wie für Biggi geschaffen. Sie würde es lieben. Ich sah sie vor mir, wie sie sanft über den rubinroten Samteinband strich. Ich ließ es originell einpacken.

Ein paar Tage später kaufte ich schon die Zutaten für die Käse-Sahne-Torte, denn ich hatte ja eine Woche ununterbrochen Nachtwache.

Montags begann meine erste Nachtwache, mittwochs war Biggis neunundzwanzigster Geburtstag.

Montagabend war Biggi nicht da. Keiner hatte sie gesehen, all ihre privaten Sachen standen auf ihrem Nachttisch. Arno war auch nicht da, deshalb machte ich mir keine Sorgen. Am nächsten Abend kam ich mit der Käse-Sahne-

Torte bepackt in den Dienst, die Stimmung war gedrückt, ich bemerkte es sofort.

Arno war wieder da. Er informierte mich: »Es gibt da so ein Gerücht.«

Wie sehr ich diesen Satz hasste.

In der Szene ging das Gerücht um, Biggi sei bei einem Freier gestorben. Der Tagdienst habe die Polizei angerufen, aber nichts erfahren.

Ich nahm Arno in den Arm und sagte: »Ich hoffe so sehr, dass es ein Gerücht ist, das sich nicht bestätigt.«

Am Morgen bereitete ich das Frühstück zu. Heute war Biggis Geburtstag. Die Torte hatte ich im Kühlschrank deponiert. Ich hoffte so sehr, dass Biggi später dasaß und sich alles als ein Missverständnis herausstellte.

Am Abend war ich noch nicht zur Tür drin, als Arno mir entgegenstürzte. »Biggis Eltern haben vor einer Stunde hier angerufen. Sie wurden über ihren Tod informiert.«

Das Gerücht war kein Gerücht mehr. Es hatte sich wie die meisten Gerüchte, die in der Szene kursierten, bestätigt. Später stand ich vor Biggis Nachttisch. Das Bild mit ihrer Tochter, Neele mit der Schultüte, Biggis vollgeschriebenes Tagebuch. Mir liefen die Tränen über die Wangen. Arno sah mich und kam zu mir, wir umarmten uns und weinten beide.

»Ich hatte sie verdammt gern. Obwohl wir seit über zwei Jahren keine Beziehung mehr hatten, waren wir trotzdem immer noch sehr gute Freunde.«

»Ich hatte Biggi auch sehr gern. Sie war so ein toller Mensch«, sagte ich. »Ich habe ihr eine Käse-Sahne-Torte gebacken und ein Tagebuch gekauft, ein Tagebuch mit einem rubinroten Samteinband, es hätte ihr bestimmt gefallen.«

In dieser Nacht musste ich immer wieder an Biggi denken. Arno konnte nicht schlafen. Er kam zu mir ins Dienstzimmer und wir sprachen lange über Biggi.

Arno hatte gehört, dass Eddy am nächsten Tag in Frankfurt sein sollte. »Wenn er auftaucht, dann bring ich ihn abends mit hierher.«

Als ich am nächsten Abend in die Übernachtungseinrichtung kam, atmete Arno tief ein und aus, bevor er sagte: »Es gibt da ... so ein Gerücht.«

»Nein, bitte nicht«, sagte ich, »nicht auch noch Eddy. Bitte nicht auch noch Eddy.«

»Ich habe gehört, er soll tot sein, eine Überdosis. Ich bekomm das raus, morgen weiß ich mehr.«

Am nächsten Tag ging ich mit einem bangen Gefühl zur Nachtwache.

»Eddy ist vor zwei Tagen beerdigt worden.«

Arno nahm mich in den Arm. Inzwischen hatte er mit Biggis Eltern telefoniert. »Sie kommen, sobald Biggis Leiche von der Polizei freigegeben wird. Sie werden ihre wenigen persönlichen Besitztümer abholen. Und mich werden sie mit zur Beerdigung nach Köln nehmen.« Es beruhigte mich, dass wenigstens Arno von Biggi Abschied nehmen konnte.

Einige Tage später erkundigte ich mich beim Friedhofsamt nach Eddys Grab. Seine Eltern hatten ihn in einem Familiengrab bestatten lassen. Ich fuhr hin. In einem Blumenladen kaufte ich eine wunderschöne weiße Rose.

Wenn Eddy nicht gewesen wäre, dann hätte ich meine Drogenzeit nicht überlebt, garantiert hätte ich irgendwann mit harten Drogen angefangen. Er wusste, dass ich es schaffen werde, mit dem ganzen Zeug aufzuhören, lange, bevor ich es selbst für möglich hielt. Er war der einzige Mensch, der damals an mich glaubte.

Ich legte die Rose quer über Eddys Grab. »Ach, Eddy, ich habe dir so viel zu verdanken, vielleicht nicht weniger als mein Leben.«

Lange stand ich an seinem Grab und weinte, um Eddy und Biggi, aber natürlich auch um Jascha.

14. Panikattacke rückwärts

Urlaub! Endlich Urlaub! Mein letzter Arbeitstag war vorbei. In der Innenstadt wollte ich mir nur noch schnell einen Bikini kaufen.

Ich betrat ein Kaufhaus auf der *Frankfurter Zeil*. Mir fiel auf, dass ich das Geschäft schon lange nicht mehr aufgesucht hatte. Als ich in Richtung Rolltreppe lief, wurde ich unruhig. Brauchte ich wirklich einen neuen Bikini? Ich benötigte unbedingt einen neuen Bikini, schließlich hatte meine Freundin Tatjana vor, auf Lanzarote ein paar coole Jungs aufzureißen.

Die letzten beiden Wochen hatte ich diesen Kauf immer wieder aufgeschoben. Warum eigentlich? Ich musste ins Untergeschoss, aber vor der Rolltreppe kehrte ich um. Ich hatte doch noch den alten blauen Badeanzug. Was sollte das? Jetzt war ich schon hier, also würde ich jetzt ins Untergeschoss dieses Warenhauses fahren und mir einen neuen Bikini kaufen. Erneut bewegte ich mich auf die Rolltreppe zu, immer zögerlicher wurden meine Schritte. Statt meinen rechten Fuß auf die erste Stufe der Rolltreppe zu setzen, schlug ich einen Haken wie ein vom Jäger verfolgter Hase. Was um alles in der Welt war so schwer daran, auf eine Rolltreppe zu steigen? Wieso war ich eigentlich so lange nicht mehr in diesem Kaufhaus gewesen?

Auf der Stelle würde ich jetzt ins Untergeschoss fahren. Unsicher tastete ich mich auf die Rolltreppe vor, als wäre sie vereist. Sofort rang ich verzweifelt nach Luft. Mein Puls raste. Mein Magen brannte. Mir war speiübel. In meinem Brustkorb fühlte ich Stiche, hunderte von Stichen, als würde jemand mit unzähligen langen, heißen Nadeln immer wieder hineinstechen. Ich hatte einen Herzinfarkt. So musste das sein! Auf meiner Stirn perlte der kalte Schweiß. Angstschweiß. Ich hatte Angst! Todesangst! Aber wieso? Ich sah mich um. Da war nichts Auffälliges. Alles war normal und alle waren normal. Außer mir! Endlich hatte ich das untere Stockwerk erreicht.

Etwas abseits wühlte ich zur Tarnung in den Bademänteln. Was passierte mit mir? Wurde ich verrückt? Vor meinen Augen lag ich neben Jack Nicholson, angeschnallt in einem Bett, vorbereitet für einen Elektroschock. Aber wieso wurde ich plötzlich verrückt? Vor fünf Minuten war ich noch ganz normal gewesen, so normal wie alle anderen auch. Was war das auf der Rolltreppe? Eine Panikattacke? Als sich diese Angst an mir festkrallte, hatte ich ein Déjàvu. Und ich wusste: Vor langer Zeit war diese Angst schon einmal da. Irgendetwas musste auf dieser Rolltreppe passiert sein. Aber was konnte schon auf einer Rolltreppe passieren?

Ich fuhr nach Hause. Im Angesicht dieser Angst hatte ich völlig vergessen, mir einen neuen Bikini zu kaufen. Der Bikini interessierte mich nicht mehr; mein Urlaub interessierte mich nicht mehr. Das Einzige, was ich in diesem Augenblick wissen musste: Was war in diesem Kaufhaus geschehen?

Diese Geschichte ließ mir keine Ruhe. Ich saß in der S-Bahn Richtung Taunus und dachte an nichts anderes. Immer wieder versuchte ich, mich zu erinnern. Es musste etwas passiert sein, etwas Schlimmes. Aber was? Und wann? Meine Gedanken verdrehten sich in meinen Gehirnwindungen, wie die viel zu lange Schnur unseres früheren Retrotelefonhörers. Hatte mich jemand von der Rolltreppe gestoßen? Hatte ich etwas Schlimmes gesehen?

Es war, als wäre ein Teil meines Lebens in ein großes schwarzes Loch gefallen. Wie bekam ich diesen verloren gegangenen Teil meines Lebens zurück?

Zu Hause saß ich auf meinem Bett, der Schrank war weit geöffnet, der leere Trolley lag vor mir. Ich hätte endlich packen müssen, aber immer wieder drängte diese Todesangst mit aller Macht in mein Bewusstsein. Wenn ich dieses Rätsel nicht löste, dann würde ich eine Dauerpatientin, bestenfalls bei einer Psychologin, schlimmstenfalls in der Psychiatrie, dessen war ich mir sicher. Erst den kleinen Fetzen einer Schatzkarte hielt ich in der Hand, zunächst musste ich die restlichen Teile ausfindig machen, dann erst konnte ich mit der Suche beginnen.

Noch bevor das Flugzeug richtig in der Luft war, schlief im Sitz neben mir Tatjana zufrieden wie ein Säugling. Ich aber brütete und brütete. Nachdem ich eine Stunde meine Gehirnwindungen ausgepresst hatte, wusste ich: Ich hatte dieses Geschäft gemieden, unbewusst, aber ich hatte es gemieden. Könnte ich mich zurückerinnern, wann ich dieses Warenhaus besucht, was ich dort gekauft hatte, dann müsste ich irgendwann auf das Erlebnis stoßen, das scheinbar unerreichbar tief unter meine Bewusstseinsschwelle gesunken ist wie ein schwerer Stein. War es möglich, diesen Stein wieder nach oben zu befördern, oder würde ich mich in irgendwelchen Unterwasser-Schlingpflanzen verheddern? Konnte es mir gelingen, die Grenze zum Unterbewusstsein zu überschreiten? Bestand überhaupt eine Chance, zu dem Erlebnis und zu diesen verdrängten Gefühlen tief in meinem Inneren durchzudringen? Dieses Ereignis schien meiner rationalen Kontrolle vollständig entzogen.

Mir fiel Susanne ein, eine Kommilitonin an der Fachhochschule. Sie wurde monatelang in der Psychiatrie behandelt, weil sie das letzte halbe Jahr ihrer Ehe aus ihrem Gedächtnis verbannt hatte. Diese Zeit war in ihrem Kopf und in ihrer Gefühlswelt wie ausgelöscht. Auch viele Jahre danach, nach unzähligen Psychiatrieaufenthalten, Therapien, Psychoworkshops und einer Psychoanalyse, blieben diese letzten Monate von Susannes Ehe für sie nur ein undefinierbares, vages Gefühl.

Würde es mir ähnlich gehen? Würde ich niemals erfahren, was auf der Rolltreppe geschah? Ich wollte es wissen! Ich musste es wissen!

Langsam, ganz langsam begann ich alle Besuche in diesem Kaufhaus zu rekonstruieren.

Vor fünf Monaten war ich zum letzten Mal dort gewesen. Es war Ende Januar, es lagen zehn Zentimeter Schnee und ich wollte mir ein Paar gefütterte Schuhe kaufen. Ich konnte mich genau darauf besinnen, wie ich fröstelnd das Kaufhaus betrat. In der Schuhabteilung im zweiten Stock suchte ich mir ein Paar Stiefel aus, bezahlte, alles war in Ordnung. Wollte ich noch etwas besorgen? Jetzt weiß ich es: Badeschuhe für die Sauna. Wieder diese Rolltreppe! Ich sah mich, wie ich zweimal auf die Rolltreppe zum Untergeschoss zusteuerte, aber jedes Mal im letzten Augenblick zurückwich. Die Rolltreppe zu betreten, gelang mir nicht. Es war unmöglich. Ich verließ das Warenhaus ohne neue Badeschuhe und dann hatte ich es nicht mehr betreten, bis ich mich an nichts mehr erinnern konnte.

Inzwischen waren wir auf Lanzarote gelandet. Ich war besessen von dem Gedanken, das Rätsel zu lösen, nichts sonst war mehr wichtig. Weder sah noch roch ich das tiefblaue salzige Meer, das ich so sehr liebte. Ich bemerkte nicht den heißen Wind, der meine Haut fröhlich kitzelte. Einzig und allein diese Rolltreppe sah ich vor mir. Meine Freundin zeigte mir ständig irgendwelche Typen, die sie toll fand und die alleine oder mit ihrem Freund unterwegs waren.

»Tatjana, du solltest wählerischer sein«, sagte ich.

»Wenn du den ganzen Urlaub über dieses Saure-Gurken-Gesicht machst, werde ich nicht wählerisch sein können. Wir werden nehmen müssen, was wir kriegen, und das wird nicht sehr viel sein.«

Natürlich hatte ich ihr nichts von der Sache erzählt. Ich hatte Angst, dass sie mich für verrückt erklären würde. Wie sollte ich begründen, dass ich in einem Kaufhaus nicht die Rolltreppe ins Untergeschoss benutzen konnte, weil ich dann Todesangst bekam?

Ich lag am Strand Los Pocillos, in meiner Nase der Geruch von Sonnenmilch. Statt Spaß zu haben, wrang ich meine Gehirnwindungen aus. Meine Freundin verbrachte die meiste Zeit des Tages Beachvolleyball spielend. Mit einer ungeheuren Leichtigkeit schlug Tatjana die Bälle gekonnt über das Netz. Einige ihrer Mitspieler sahen verdammt gut aus.

»Hannah, los komm, spiel mit«, rief mir meine Freundin zu.

Auf der Liege sitzend blinzelte ich in die Sonne, mit halbgeschlossenen Lidern sah Tatjana aus wie eine schöne, unwirkliche Elfe. Hin und wieder traf mich vermeintlich unabsichtlich ein Ball.

Statt mitzuspielen, legte ich mich auf den Rücken und beabsichtigte, tief in mein Unterbewusstsein abzutauchen. Wann war ich davor in diesem Geschäft? Was hatte ich gekauft? Nach drei Tagen hatte ich die letzten zwei Jahre zurückverfolgt. Immer hatte ich diese Rolltreppe gemieden.

Ein dröhnender, pulsierender Schmerz wütete in meinem Kopf und ließ meine Augenhöhlen brennen. Mein Herz kam immer häufiger aus dem Takt, einmal schlug es zu schnell, dann wieder zu langsam. Und doch musste ich diese Grenze überschreiten. Bis auf den Grund würde ich in mein Unterbewusstsein eindringen und ihm das verdrängte Erlebnis mit all seinen verschütteten Gefühlen entreißen.

Hartnäckig verfolgte ich meine zurückliegenden Einkäufe dort weiter. Das Weihnachtsgeschenk für meine Mutter, das Geburtstagsgeschenk für meine Freundin Mia, das graue Business-Kostüm, die Alessi-Gläser. Mein Kopf zischte und brodelte wie ein Dampfdrucktopf, dessen Ventil sich nicht öffnet, obwohl die Hitze schon seit geraumer Zeit nicht reduziert wurde, jeden Augenblick konnte er explodieren.

Mein Körper wollte mit aller Macht verhindern, dass ich zu dem Erlebten durchdringen konnte. Aber warum?

Ich war sicher: Sobald ich die richtige Zahlenfolge der Safe-Kombination eintippte, würde sich der Tresor meiner Vergangenheit automatisch wie von Geisterhand öffnen.

Bis jetzt hatte ich alle meine Einkäufe bis vor vier Jahren zurückverfolgt. Die große Tür, vor der ich stand, war verschlossen, einen passenden Schlüssel besaß ich nicht. Als Nächstes müsste das Erlebnis kommen. Ich fühlte es deutlich. Nach zwei weiteren Tagen, in denen ich mich verzweifelt bemühte, die Vergangenheit in mein Gedächtnis zurückzusaugen, stand ich immer noch vor der verschlossenen Tür.

Ich wusste, es fehlte nur noch das letzte Puzzleteil, aber mein Unterbewusstsein hielt es unter Verschluss wie einen unentzifferbaren Code. Ich würde diesen Code knacken, ich musste nur richtig dechiffrieren.

Über eine Woche lag ich jetzt schon hier am Strand und zermarterte mein Gehirn. Wenn ich so weitermachte, dann hatte ich bald eine Freundin weniger. Ich interessierte mich weder für die beiden braunhaarigen, supercoolen Singles aus Hamburg, noch für die gut gebauten Jungs aus Schweden und auch nicht für die heimische Clique, die uns ständig anmachte.

Mit größter Anstrengung versuchte ich meine Erinnerungen heraufzubeschwören. Ich dachte und dachte. Und dann plötzlich war für den Bruchteil einer Sekunde eine schneidende Traurigkeit da. Diesen einen Gefühlsfetzen hatte ich zu fassen bekommen.

Traurigkeit?

Ich hatte immer gedacht, es müsste etwas Schlimmes auf der Rolltreppe passiert sein, aber Traurigkeit, damit konnte ich nichts anfangen.

Oder – vielleicht doch?

Da war dieser verhängnisvolle Tag vor vier Jahren.

Ich arbeitete in der Universitätsbibliothek und kopierte einige aktuelle Zeitschriftenartikel, die ich in meiner Diplomarbeit zitieren wollte. Danach fuhr ich in die Innenstadt. In diesem Kaufhaus kaufte ich schnell noch zwei Packungen Druckerpapier, bevor ich die Rolltreppe ins Untergeschoss nahm.

Mein Puls galoppierte, jetzt hielt ich den letzten Fetzen der Schatzkarte in der Hand.

Ich bestieg die Rolltreppe und plötzlich sah ich ein Urnengrab, bedeckt mit Blumenschalen, auf einem Holzkreuz stand Jaschas Name.

Mit der rechten Hand fasste ich an mein Herz, es überschlug sich fast. In meinem Brustkorb breitete sich ein unerträglicher, unmenschlicher Schmerz aus. Ich rang nach Luft. Alles um mich herum drehte sich. Schweiß rann mir aus jeder Pore. Angst! Ich hatte riesige Angst. Todesangst!

Nachdem ich die Rolltreppe verlassen hatte, hatte ich das alles von einer auf die andere Sekunde vergessen. Die Bilder, die Angst, der Schmerz, sie waren weg, als hätten sie niemals existiert. In einem Musikladen in der B-Ebene kaufte ich mir das Album *Never Die Young* von *James Taylor*. Gut gelaunt fuhr ich nach Hause.

Mein Freund öffnete mir die Wohnungstür.

»Ich muss dir etwas sagen, setz dich erst mal.«

Seine Stirn lag in Falten, sein Blick war verstört, fast ängstlich.

»Jascha ist tot. Seine Mutter hat vor einer Stunde angerufen. Die Beerdigung war schon heute Nachmittag.«

In diesem Augenblick erinnerte ich mich wieder an die Rolltreppe und an die Bilder in meinem Kopf. Meine Beine gaben nach. Alles um mich herum verschwamm.

»Jascha ist tot, Jascha ist tot«, hämmerte es unaufhörlich in meinem Kopf.

Denken und Fühlen waren unmöglich geworden. Es schien eine unendlich lange Zeit zu dauern, bis der Schmerz begann und mit ihm auch wieder das Denken einsetzte.

Jetzt nahm ich das Album aus meiner Tasche und warf es mit voller Wucht an die Wand, sodass die Scheibe aus dem Cover sprang und hinter die Mäntel in der Garderobe rollte. *Never Die Young!*

Aber erst jetzt, nachdem ich das letzte Puzzleteil eingesetzt hatte, sah ich das ganze Bild vor mir und erinnerte mich wieder an diese schreckliche Nacht elf Tage vor dem Erlebnis auf der Rolltreppe.

Mitten in der Nacht war ich wach geworden, weil ich einen Stich in meinem Herzen gefühlt hatte. Ich konnte nicht wieder einschlafen, da der Schmerz immer intensiver wurde. Ich dachte: Das ist ein Herzinfarkt und überlegte, ob ich einen Notarzt rufen sollte. Jedoch begriff ich schnell, dass dieser höllische Schmerz etwas anderes war. Es tat so entsetzlich weh, als würde man mir das Herz bei lebendigem Leib herausschneiden, eine Operation ohne Betäubung. Dann kam diese Traurigkeit. Ich dachte an Jascha. Wann immer ich an ihn dachte, kam ein Gefühl der Sicherheit zurück.

Bei unserer letzten Trennung hatte Jascha, bevor er mich mit unserem gerecht geteilten Hausstand verließ, das Lied *You've Got a Friend* von *James Taylor* aufgelegt und sagte zu mir: »Hannah, wann immer du mich brauchst, bin ich für dich da, dann schließt du einfach deine Augen und denkst ganz fest an mich. Ich werde es fühlen und dann denke ich ganz fest an dich, und das wirst du fühlen. So müssen wir uns niemals mehr trennen; so können wir immer zusammen sein.«

Zuerst habe ich nicht geglaubt, dass es funktioniert. Aber wann immer ich an Jascha dachte, kam dieses Gefühl von Sicherheit zurück, dieses Gefühl: Er ist immer für mich da. Jetzt dachte ich an ihn und da war sie, diese beruhigende Sicherheit. Es war nichts passiert. Aber warum dann diese tiefe Traurigkeit, dieser starke Schmerz, diese große Angst? Immer wieder dachte ich in dieser Nacht an Jascha und bemerkte mit zunehmender Panik, dass dieses Gefühl der Sicherheit abzunehmen schien. Es wurde von Mal zu Mal weniger, als würde es sich auflösen. Und dann fühlte ich zum ersten Mal nichts mehr. Es kam nichts zurück. Gar nichts! In diesem Augenblick wusste ich: Jascha ist tot.

Am Vormittag wollte ich Jaschas Mutter anrufen. Ich wählte Frau Drabolds Nummer, aber es war mir unmöglich, die letzte Ziffer einzutippen, denn meine Finger verweigerten ihren Dienst. Ich wusste, niemand hatte sie bislang vom Tod ihres Sohnes informiert. Was sollte ich sie fragen? Sie würde schon an meiner Stimme erkennen, dass ich mir große Sorgen machte. Ich versuchte, mich zu beruhigen: Bestimmt bildete ich mir das alles nur ein. Jascha lebte, es ging ihm gut. Wieder dachte ich an ihn: Nichts! Ich wusste: Er ist tot. Aber ich wagte es nicht, mir seinen Tod vollständig einzugestehen. Ich konnte mir nicht vorstellen, wie es wäre, ohne ihn zu leben. Auch wenn wir uns schon vor neun Jahren getrennt hatten, waren wir uns immer noch sehr nah.

Am nächsten und übernächsten Tag probierte ich erneut, die Nummer von Jaschas Mutter zu wählen. Aber niemals schaffte ich es, die letzte Ziffer einzutippen. Erst am vierten Tag gelang es mir, aber nun erreichte ich Frau Drabold nicht, auch am fünften und sechsten Tag nahm niemand den Hörer ab.

Dann schrieb ich Jascha einen Brief. Diese Gewissheit, dass er meinen Brief niemals lesen würde, war schrecklich. Im Gegensatz zu allen anderen Briefen an Jascha, wurde dieser sehr kurz. Und trotzdem benötigte ich Stunden, um die wenigen Zeilen zu schreiben, immer wieder weichten meine Tränen das Briefpapier auf und verschwammen die Tinte. Wie immer adressierte ich den Brief an die Anschrift seiner Mutter, außen auf den Umschlag schrieb ich gut leserlich meine Telefonnummer.

Mit großem Schrecken malte ich mir aus, was passiert
wäre, hätte ich das Erlebte nicht in mein Bewusstsein zu-
rückkatapultiert. Womöglich hätte ich dieses Warenhaus
nie mehr aufgesucht oder meine Angst hätte sich generali-
siert und ich hätte überhaupt kein Kaufhaus mehr betreten. Ja, vielleicht wäre diese Angst ins Unermessliche an-
gewachsen und ich hätte niemals mehr meine Wohnung
verlassen.

Nach Jaschas Tod hatte ich mich weder an das Erlebnis
auf der Rolltreppe, noch an die Nacht elf Tage zuvor, in
der ich Jaschas Tod gefühlt hatte, erinnert. Diese Schmer-
zen in der Nacht und auf der Rolltreppe waren derart intensiv, ich hätte sie auf Dauer unmöglich aushalten können. Meine Psyche hatte wohl deshalb diese Erlebnisse
abgespalten und eingekapselt wie ein Krebsgeschwür. Jetzt
war die Wunde aufgebrochen und dieser unmenschliche
Schmerz griff erneut nach mir und all die so lange verschütteten Gefühle stürzten auf mich ein. Quer über dem
Bett liegend, flennte ich Rotz und Wasser.

Laut hämmerte es an meiner Zimmertür und Tatjana rief:
»Hannah, mach endlich die Tür auf, wir müssen los. Heute
werden wir so richtig unseren Spaß haben.«

15. Die Umarmung

»Du solltest nicht hier sein.«

Jaschas Gesicht sah aufgedunsen aus, wie aus Wachs, einer Totenmaske gleich, der Klang seiner Stimme monoton, verstärkt durch ein metallenes Echo.

Ein Gestank von Abfall und Schimmel nahm mir fast den Atem. Ich sah mich in seiner Junkburg um. In seinem Zimmer lag lediglich eine Matratze auf dem Boden, darauf ein Kissen und eine Bettdecke. Zahlreiche Blutspritzer und Brandlöcher zierten den schmutzigen Bettbezug.

Ein Geräusch lenkte meine Aufmerksamkeit zum einzigen Fenster des Raums. An der vorhanglosen, blinden Innenscheibe flatterte hilflos ein Zitronenfalter. Ein einziger gelber Farbtupfer in dieser Schwarz-Weiß-Szene. Ich dachte: Ich muss das Fenster öffnen, um ihn zu retten. Doch ich konnte mich nicht von der Stelle wegbewegen. Es war, als wären meine Füße in den Fußboden einzementiert worden.

Unter dem Fenster standen mehrere volle Plastiktüten. Möglich, dass ihnen dieser modrige Gestank entströmte, der einen Teil meines Mageninhalts nach oben beförderte. Ich schluckte mehrmals heftig.

»Du solltest nicht hier sein«, sagte Jascha erneut, sein Blick war zunächst meiner Sicht gefolgt und ruhte nun auf mir.

»Ich musste dich sehen«, versuchte ich mich zu rechtfertigen. Ich wollte Jascha umarmen.

Zu meiner Überraschung ging er einen Schritt zurück und mahnte: »Du darfst mich nicht berühren, sonst bin ich weg.«

Ich überlegte, was Jascha damit gemeint haben könnte. Ging er weg, wenn ich ihn berührte? Warum? Oder löste er sich sogar in Luft auf, durch meine Umarmung? Ich konnte nicht verstehen, warum er so abweisend zu mir war, traute mich aber nicht nachzufragen.

Neben der Matratze lagen zwei Plastikspritzen, an deren Nadeln noch Blut klebte, eine Dose Ascorbinsäure, mehrere abgerissene, gebrauchte Zigarettenfilter, ein Kaffeelöffel, mehrere aufgerissene leere Briefchen und ein Gürtel.

Immer wieder hörte ich die verzweifelten Flügelschläge des Schmetterlings, sie wurden seltener, ihm schien die Kraft auszugehen. Es wurde Zeit, dass ich ihn aus seinem Gefängnis befreite, bevor es zu spät war.

Jaschas Augen waren meinem Blick erneut gefolgt und er sagte zum dritten Mal: »Du solltest nicht hier sein.«

»Ich musste dich sehen«, wiederholte ich und es war, als wären wir beide zu keiner anderen Kommunikation mehr fähig, nur einzig diese beiden Sätze beherrschten wir.

Um endlich diese beklemmende Situation aufzuheben, ging ich auf ihn zu.

In diesem Augenblick erwachte ich und ärgerte mich über mich selbst. Warum musste ich Jascha in meinem Traum unbedingt umarmen, er hatte mir doch eindeutig zu verstehen gegeben, dass er weg ist, sobald ich ihn berühren würde.

Mir fiel ein: Heute war Jaschas Geburtstag. Ich beschloss, sein Grab zu besuchen.

Ich nahm die große Blumenschale vom Urnengrab und entfernte die verblühten Osterglocken und Krokusse, stattdessen pflanzte ich Narzissen, rote und gelbe Stiefmütterchen, wilde Veilchen und drei rot-gelbe Tulpen in die Schale, sie sah üppig und fröhlich aus.

Ich stellte die Blumenschale vor Jaschas Grab, das Grablicht daneben. Als Nächstes füllte ich eine grüne Plastikgießkanne voll Wasser. Zunächst goss ich die Steinplatte seines Urnengrabes mehrmals ab, mit dem gelben Schwamm reinigte ich die Grabplatte. Ich schrubbte und schrubbte. Dann polierte ich die grau gesprenkelte Steinplatte, bis sie glänzte, als wäre sie mit einer Speckschwarte abgerieben worden, danach kamen die bronzenen Buchstaben dran. Erst jetzt war ich zufrieden.

»Hast du schon einmal vom *Multiversum* gehört?«, wollte Jascha bei einem unserer letzten Treffen wissen.

Ich verneinte. Wir saßen in einem Straßencafé und ich nippte an meinem grünen Tee. Direkt neben uns rauschte die Hektik der Stadt vorbei. Jascha erklärte, dass allgemein davon ausgegangen werde, dass unser Universum mit dem Urknall vor vierzehn Milliarden Jahren entstanden sei. Es gäbe aber Wissenschaftler, die sich sicher seien, dass der Urknall außerhalb unseres Universums noch andauere. »Weißt du, was das heißen würde? Jenseits unseres Universums würden sich beständig neue Universen bilden, wie Blasen im Schaumbad.«

Ich hatte keine Ahnung, über was er sprach, fand seine dargelegte Theorie aber hochinteressant und hörte ihm gebannt zu.

Jascha trank einen großen Schluck Kaffee, drehte sich eine Zigarette, zündete sie an und nahm einen kräftigen Zug, bevor er weitersprach. »Im Multiversum existieren unzählige Welten, unbewohnte und bewohnte, mit allen nur möglichen Lebewesen. In einer Vielzahl dieser Universen leben höchstwahrscheinlich Doppelgänger von uns, so viele, dass sie alle nur möglichen Lebensoptionen durchspielen. Kannst du dir das vorstellen, Hannah?«

»Könnte es sein, dass unsere Doppelgänger in einem Paralleluniversum drogenfrei leben und glücklich miteinander alt werden?«

Jascha lächelte und umarmte mich. »Ach, Hannah, das hoffe ich sehr.«

Bei einem anderen Treffen stellte Jascha die These auf: »Unser aller Leben ist nur ein Traum.«

Wir saßen im Stadtpark auf einer Bank mit Blick auf den Rhein. Ein schwer beladener Lastkahn schob sich zäh flussaufwärts.

»Du meinst wirklich, dass alles nur ein Traum ist?«, fragte ich unsicher nach.

»Halten wir nicht auch unsere nächtlichen Träume für real, wenn wir zum Beispiel ängstlich vor etwas wegrennen? Wäre es nicht möglich, dass unsere nächtlichen Träume lediglich Kurzträume in unserem längeren Lebenstraum sind?«

»Dann würde diese Entenfamilie auf dem Rhein gar nicht existieren. Alles wäre nur Illusion?«

Ich fand Jaschas Theorie gar nicht so abwegig. Schon oft habe ich beim Aufwachen bemerkt, dass sich eine Art Vorhang zu einem Traum schließt und ich mich dann in einem anderen Traum befinde, aus dem ich erwache. Von dem ersten Traum bleibt meist nur ein diffuses Gefühl zurück, wohingegen ich mich an die Inhalte des zweiten Traums, aus dem ich erwache, des Öfteren erinnern kann.

Ich erzählte Jascha von meinen Gedanken und er stellte die Frage: »Werden wir in diesem ersten Traum an unsere reale Welt angedockt?«

Ich konterte: »Wenn alles Leben nur ein Traum ist, existiert dann überhaupt eine reale Welt? Ist das nicht ein Widerspruch in sich?«

Das gefiel Jascha und er verknüpfte diese Theorie mit dem Multiversum. »Kann es sein, dass all diese zahlreichen Universen nur Traumgebilde sind? Menschen, Tiere, vielleicht sogar Pflanzen, wechseln durch Träume in die verschiedenen Welten. Wenn wir sterben, dann erwachen wir in einer anderen Welt, und auch dort träumen wir nur.«

»Wir träumen unser ganzes Leben lang, sterben und träumen in einer anderen Welt weiter und das ist dann ein ewiger Kreislauf?«

»Was, wenn alles nur eine gigantische Computersimulation ist?«

»Das würde mir Angst machen, dann wären wir lediglich Figuren in einem Schachspiel und andere würden wahllos die Spielsteine versetzen.«

»Wir sind auf keinen Fall diejenigen, die die Regler betätigen. Mach dir da nichts vor, Hannah. Aber du hast recht, die Theorie, dass alles nur ein Traum ist, kommt mir auch freundlicher vor, obwohl der Unterschied zu einer Computersimulation ja nicht wirklich groß ist. Aber ich bin mir auf jeden Fall sicher, dass in beiden Fällen Leben und Tod noch sehr viel durchlässiger wären, als sie es ohnehin schon sind.«

»Wie meinst du das?«

»Komm Hannah, ich habe Durst, wir gehen einen Kaffee trinken.« Jascha blieb mir eine Erklärung schuldig.

Die abgebrannte Kerze in der Grableuchte entfernte ich und ersetzte sie gegen ein neues Grablicht, das ich mit meinem Feuerzeug anzündete. Das Motiv des Feuerzeugs hätte Jascha gefallen: unser Planetenhimmel im Frühjahr.

Ein Eichhörnchen huschte den Stamm der knorrigen Rotbuche nach oben, lediglich sein Rascheln war zu hören.

Die Laterne positionierte ich auf die obere Mitte der Grabplatte; die Blumenschale stellte ich quer unter Jaschas

Namen. Meinem Rucksack entnahm ich einen seidenen Schmetterling, der auf einem langen grünen Draht saß. Ich steckte ihn in die Mitte der Schale. Der zarte und duftige Zitronenfalter sah fast echt aus, als könne er fliegen. Er erinnerte mich an den Zitronenfalter im Traum am Morgen, den ich nicht befreit hatte. Und er erinnerte mich auch an einen Zitronenfalter, den mir Jascha in Winterstarre an einem Zweig gezeigt hatte, zu einer Zeit, als er clean war und unsere gemeinsame Welt noch existierte.

Ich dachte an die Geschichte, die meine Mutter letzte Woche auf dem Friedhof erlebt hatte. Sie stand am Grab meines Vaters und erinnerte sich sehr intensiv an ihn. Plötzlich war da so ein Kribbeln überall an ihrem Körper, dann spürte sie einen Arm auf ihrer Schulter liegen. Erschrocken, aber kampfbereit, fuhr sie herum, aber niemand war da, keine Person weit und breit. Noch immer fühlte sie einen Arm schwer auf ihrer Schulter liegen und sagte laut zu meinem Vater: »Mensch, musst du mich so erschrecken?«

Die Kerze war ausgegangen, ich zündete sie erneut an, hielt sie schief, sodass etwas Wachs herauslief und die Flamme stärker brannte. Ich musste aufpassen, dass der starke Wind die Flamme nicht auslöschte.

Ich dachte: Ein Versuch ist es wert. Vielleicht würde ich es auch schaffen, mit Jascha in Kontakt zu treten.

»Jascha, kannst du mich nicht umarmen? Ich würde dich so gerne fühlen.«

Ganz intensiv dachte ich an ihn, sah seine Augen, spürte seine Berührungen, hörte seine Stimme, sein Bild vor mir war so lebendig, dass ich ihn fast riechen konnte. Und plötzlich war da ein Kribbeln, überall in meinem Körper, in meinen Gliedmaßen, in meinem Kopf. Es passierte etwas. Ich fühlte es ganz deutlich. Würde er tatsächlich mit mir in Kontakt treten?

Und dann sah ich ihn.

Auf der anderen Seite des Friedhofs lief ein Mann. Jetzt versteckte er sich hinter der großen alten Eiche. Mist! Das Kribbeln war weg. Dieser blöde Kerl hatte alles kaputt gemacht. Jetzt war ich nur wieder eine Frau, die an einem Grab trauerte. Dieser Mann stand eine Zeitlang hinter dem Baum. Ab und zu lugte er hervor und beobachtete mich. Was wollte der von mir? Ich überlegte, ob das ein Verwandter von Jascha sein konnte. Heute wäre ja sein Geburtstag.

Jetzt trat er hinter der Eiche hervor. Er hatte kinnlange dunkelblonde Haare, war zwischen dreißig und fünfunddreißig Jahre alt, trug Jeans und eine Jeansjacke, auf seiner Nase thronte eine Luxus-Sonnenbrille mit großen getönten Gläsern. Er erinnerte mich an einen Zivilbullen aus einem Krimi. Jetzt kam er direkt auf mich zu. Der Mann ging durch das Gebüsch, ich wusste gar nicht, dass dort ein Weg war.

Verstört starrte ich ihn an, als wäre er ein Geist.

»Polizei! Verzeihen Sie, darf ich Ihnen eine Frage stellen?«

Er zeigte mir seinen Polizeiausweis. Er hätte mir aber auch eine Fahrkarte oder ein Fußballbildchen zeigen können, so verwirrt wie ich war, hatte ich gar nicht hingesehen. Ich verfluchte diese getönten Gläser, zu gerne hätte ich in seine Augen geblickt.

»Wie lange sind Sie schon hier?«

»Eine halbe Stunde etwa«, gab ich bereitwillig Auskunft.

»Haben Sie vielleicht einen jungen Mann gesehen, etwa zwanzig Jahre alt, bekleidet mit einem langen schwarzen Mantel?«

»Nein, ich habe überhaupt niemanden gesehen«, sagte ich wahrheitsgetreu, war mir allerdings nicht sicher, ob ich den Jungen verpfiffen hätte, wahrscheinlich nicht, da hätte er schon etwas Schlimmes verbrochen haben müssen. Aber ich hatte ihn ja nicht gesehen.

»Tut mir leid, wenn ich Sie irritiert habe, das war nicht meine Absicht«, sagte der Polizist sanft. Dann ging er auf mich zu, schloss mich in seine Arme, dabei hielt er mich fest, viel zu lange und viel zu fest für einen Polizisten. Ich ließ es geschehen, denn diese Umarmung war mir angenehm, sie hatte etwas sehr Vertrautes. Mir fiel auf, dass der Polizist nach nichts roch, nicht nach Zigaretten, nicht nach Rasierwasser, kein eigener Geruch, nichts. Dann verabschiedete er sich. In der nächsten Sekunde sah ich mich um, er war verschwunden. Ich suchte die Wege des Friedhofs in allen Richtungen mit meinen Augen ab, es war, als hätte er sich tatsächlich in Luft aufgelöst.

»Jascha, was machst du mit mir?«, fragte ich laut. »Aber Humor hast du, das muss man dir lassen. Mir zur Umarmung einen Zivilbullen zu schicken, der aussieht, als wäre er von der Drogenfahndung. Alle Achtung!«

Nun, ich glaube nicht an Engel, Botschaften aus dem Jenseits oder Wünsche, die das Universum erfüllt. Und trotzdem! Ich weiß, dass zwischen Himmel und Erde eine Menge Dinge geschehen, von denen wir Menschen keine Ahnung haben, die wir nur in Ausnahmesituationen wahrnehmen. Schon des Öfteren habe ich in meinem Leben Begebenheiten aus der Zukunft gesehen, Dinge, die ich lieber nicht hätte wissen wollen. Es ist, als würde sich manchmal nicht nur die Vergangenheit, sondern auch die Zukunft in meine Gegenwart einmischen. Daher zweifelte ich

keine Sekunde daran, dass Jascha diese Umarmung irgendwie eingefädelt hatte.

Noch Tage nach diesem Erlebnis fühlte ich diese herz-
liche vertraute Umarmung.

192

16. Sehnsucht nach Rausch

Seit so vielen Jahren spielten weder Alkohol noch Drogen eine maßgebliche Rolle in meinem Leben. Natürlich gab es immer wieder Situationen, in denen ich diese Sehnsucht nach Rausch verspürte und dachte, wie schön es wäre, jetzt in einen Rausch abzutauchen und alles um mich herum zu vergessen. Aber ich wusste, wie ich mich auf andere Gedanken bringen konnte; in den vielen Jahren meiner Abstinenz hatte ich hierzu eine Menge Techniken erprobt und umgesetzt. Bislang hatte es immer funktioniert, in all den Jahren. Bis zu diesem einen Morgen.

Wegen einer Krebsvorstufe hatte ich mich einer Routineoperation unterziehen müssen. Nach der Operation war ich aufgrund der Narkose im siebten Himmel gewesen. Ich hatte mich wunderbar gefühlt. Ich war high. High wie seit so vielen Jahren nicht mehr. Ich hatte diese Narkose wirklich sehr genossen.

Damit wäre alles erledigt, dachte ich. Aber weit gefehlt. Nach der Operation ließ mich diese Sehnsucht nach Rausch nicht mehr los. Ich dachte nur noch daran, mir einen Rausch zu verschaffen. Zunächst konnte ich nicht verstehen, woher diese Drogengeilheit kam. Denn das war es, ich war geil auf Drogen. Alkohol reizte mich nicht. Ich wollte Drogen, aber nicht irgendeine Droge. Ich wollte Heroin. Ich hatte davon gelesen, dass ehemalige Junkies durch Narkosemittel bei einer Operation rückfällig werden konnten. Aber ich war ja niemals ein Junkie gewesen. Woher also kam dann diese mich hinterrücks überfallende Gier nach Rausch?

Ich ging davon aus, dass dies in Zusammenhang stand mit meinem langen Konsum von Codein, denn dieser Stoff ist ein Opiatabkömmling. Anders konnte ich es mir nicht erklären.

Während ich durch die Stadt lief, hatte ich das Gefühl, ich sehe nur noch Menschen, die auf Drogen sind. Es hatte den Anschein, die Hälfte der Bevölkerung befinde sich auf Dope.

Ich fühlte mich magisch angezogen von der Drogenszene. Immer häufiger bewegte ich mich in ihrer Nähe. Ich beobachtete einen Dealer im nahen Park, aber auch in der Stadt sah ich, wie an vielen Stellen Ware gegen Geld getauscht wurde. Das alles war mir in den letzten Jahren nicht mehr aufgefallen, hatte unbemerkt von mir stattgefunden, wie in einer anderen Welt, zu der ich keinen Zutritt mehr hatte. Plötzlich war ich mittendrin. Und ich gehörte wieder dazu, denn ich sah, was sich abspielte, und ich wolle eine von ihnen sein. Aber wollte ich das wirklich?

Wollte ich tatsächlich zurück in diese Hölle?

Nachdem ich einige Wochen um die Szene gekreist war, war ich mir sicher: Nein, ich wollte nicht zurück. Ich wollte nicht von Drogen abhängig werden. Aber diese Sehnsucht nach Rausch war derart stark, dass ich nicht wusste, was ich tun sollte. Ich hatte das Gefühl, ich würde innerlich erfrieren, wenn ich nicht zu Drogen greifen würde.

Und dann war da plötzlich diese Idee. Ja, ich musste zurück. Zurück zu den Anfängen, zurück in meine Jugend, zurück zu meiner Abhängigkeit von Alkohol und Medikamenten, zurück zu meiner großen Liebe Jascha.

Und dann begann ich mit den ersten Sätzen des Romans *Süchtig nach Rausch*.

Zunächst schrieb ich wie eine Besessene und bemerkte, je mehr Seiten ich mit meiner Geschichte füllte, umso stärker reduzierte sich diese Sehnsucht nach Rausch. Und ich wusste, ich würde es schaffen, diese Gier auf Drogen zu besiegen. Aber ich wusste auch, dass vor mir eine lange Durststrecke lag. Denn nicht immer konnte ich die Vergangenheit ertragen. Oft fraß sich dieser Schmerz in mir fest und ich konnte ihn nicht mehr abschütteln. Dann war es mir unmöglich, weiter an dem Manuskript zu arbeiten; ich musste es liegen lassen, manchmal tage-, wochen-, monate- und mitunter sogar jahrelang. Irgendwann fühlte ich mich wieder stark genug, mich meiner eigenen Geschichte zu stellen, und ich schrieb weiter.

Nur ein paar Zeilen aus meinem Leben hatte ich zu Beginn aufschreiben wollen, inzwischen sind es zwei Bücher geworden.

Auf diesem Weg zurück in meine Vergangenheit hatte ich damit gerechnet, auf Narben zu treffen, auf große, hässliche Narben. Was ich beim Verfassen von *Süchtig nach Rausch* jedoch fand, waren blutende, klaffende Wunden. Nachdem ich die alten Verletzungen offengelegt hatte, spürte ich erneut diesen starken Schmerz, unmenschlich, fast nicht zu ertragen. Beim Niederschreiben tauchte ich in den letzten Jahren immer wieder ab in diese Untiefen meiner Seele, in die Abhängigkeit von Alkohol und Tabletten, in die Liebe zu Jascha.

Und beim Abfassen der Fortsetzung *Sehnsucht nach Rausch* ging ich erneut bis an meine Grenzen. Noch einmal erlebte ich den Himmel mit Jascha, aber auch die Hölle, und musste mich dem Schmerz des Verlustes stellen und endlich diese Trauer zulassen.

Ja, es hat sich gelohnt, diesen weiten Weg noch einmal zurückzugehen. Was bleibt, ist ein Gefühl von Liebe und

Dankbarkeit. Es scheint, als hätte ich mich durch das Schreiben endgültig von den Fesseln der Vergangenheit befreit. Der Schmerz und auch diese Sehnsucht nach Rausch sind verschwunden. In mir ist eine unbändige Kraft gewachsen und ein großes Vertrauen zu mir selbst.

In der Nacht, bevor ich meine letzten Zeilen schrieb, hatte ich folgenden Traum:

Ich schwimme ganz ruhig im Meer, tauche unter Wasser und beobachte die Fische und Krebse, weide mich an den Farben der Fische und der Unterwasserpflanzen. Plötzlich wird mir bewusst, dass ich schon lange nicht mehr aufgetaucht bin, viel zu lange. Panik erfasst mich. Ich weiß, dass ich sofort an die Wasseroberfläche muss, sonst werde ich sterben. Sofort! Aber ich begreife auch, dass ich mich schon viel zu lange unter Wasser aufgehalten habe. Trotzdem versuche ich, nach oben an die Grenzfläche zwischen Wasser und Luft zu schwimmen, aber es gelingt mir nicht. Ich will nicht sterben. Ich will leben. Unbedingt! Ich kämpfe und kämpfe, versuche immer wieder nach oben zu schwimmen. Aber es ist zwecklos. Mir ist bewusst, ich kann es unmöglich schaffen. Ich sehe ein, dass ich nicht mehr an die Oberfläche zurückkehren kann. Langsam wächst in mir die Gewissheit, dass ich sterben werde. Ich weiß in dieser Sekunde, dass ich keine Wahl mehr habe, ich muss aufgeben. Mein Leben ist vorbei. Und dann endlich lasse ich das Leben los. In diesem Augenblick löst sich ein Knoten in mir. Und sofort wird diese Panik tief in mir durch eine meditative Ruhe abgelöst. In weiter Ferne sehe ich eine Art Höhle mit einem hellen, strahlenden Licht. Darauf schwimme ich zu. Und ich weiß, ich werde sterben, aber der Tod löst keinerlei Furcht in mir aus, ganz im Gegenteil. Ich bin mir sicher, ich werde an einen Ort der

vollkommenen Ruhe und Liebe zurückkehren. Ich werde
nach Hause kommen.

Dieser Traum hat meine Angst vor dem Tod aufgelöst.
Doch jetzt, wo ich keine Angst mehr vor dem Tod ver-
spüre, habe ich auch keine Angst mehr vor dem Leben.
Endlich fühle ich diese unbändige Lust, mich hineinzustür-
zen in dieses pralle Leben.

17. Einige Gedanken zu legalen und illegalen Drogen

Im Folgenden möchte ich einige Gedanken zu legalen und illegalen Drogen ausführen. Dies ist keine wissenschaftliche Abhandlung, sondern es sind tatsächlich nur ein paar private Gedanken zu Alkohol, Medikamenten und illegalen Drogen. Natürlich existieren noch zahlreiche weitere Süchte, auf die ich aber in diesem Zusammenhang nicht eingehen möchte.

In der nachstehenden Ausführung wird auf die Bezeichnungen *Junkie* und *clean* bewusst verzichtet. Junkie bedeutet Müll oder Abfall. Kein Benutzer harter Drogen ist Abfall oder Müll. Ebenso ist niemand, der den Gebrauch von Drogen unterlässt, sauber, da er zuvor auch nicht schmutzig war. Im Romantext selbst habe ich diese Begriffe benutzt, da sie in der Drogenszene nach wie vor Verwendung finden.

17.1 König Alkohol

Jack London beschreibt in seinem Buch *König Alkohol* jahrelange eigene Erfahrungen. Einerseits sei Alkohol ein unverzichtbarer Teil der Geselligkeit, andererseits stürze er aber die Menschen auch ins Verderben.

In *König Alkohol* führt Jack London aus: »Sein Weg *(der des Alkohols)* führt zur nackten Wahrheit und zum Tode ... Er ist blutiger Mörder, und, er tötet die Jugend.«

An anderer Stelle heißt es: »Selbstmord, schneller oder langsamer, ein plötzlicher Sturz oder ein jahrelanges allmähliches Zerrinnen – das ist der Preis, den König Alkohol fordert. Keiner seiner Freunde entrinnt je der Bezahlung seiner Schuld.«

Nach Angaben des Bundesministeriums für Gesundheit konsumieren 7,9 Millionen Menschen der 18- bis 64-jährigen Bevölkerung in Deutschland Alkohol in riskanter Form. (DHS, Jahrbuch, 2024) Bei 9 Millionen dieser Altersgruppe liegt ein problematischer Alkoholkonsum vor. (ESA 2021)

»Etwa 1,6 Millionen Menschen dieser Altersgruppe gelten als alkoholabhängig.« (ESA 2018).
»Laut dem Alkoholatlas 2022 des Deutschen Krebsforschungszentrums (DKFZ) starben in Deutschland im Jahr 2020 rund 14.200 Menschen (davon 10.600 Männer und 3.600 Frauen) an Krankheiten, die ausschließlich auf Alkoholkonsum zurückzuführen sind. Wenn man Krankheiten einbezieht, bei denen Alkohol ein Mitfaktor ist, liegt die Zahl der alkoholbedingten Todesfälle jedoch deutlich höher.« (https://www.bundesgesundheitsministrium.de/service/begriffe-von-a-z/a/alkohol.html)
Schätzungen gehen davon aus, dass es jährlich zu 47.500 Todesfällen durch Alkoholkonsum kommt. (DHS, Jahrbuch Sucht 2025)

In der Gesellschaft herrscht eine weit verbreitete unkritisch positive Einstellung zum Alkohol vor. Durchschnittlich werden pro Kopf der Bevölkerung jährlich über zehn Liter reinen Alkohols konsumiert. Gegenüber den Vorjahren ist eine leicht rückläufige Tendenz im Alkoholkonsum zu registrieren. Dennoch liegt Deutschland im internationalen Vergleich unverändert im oberen Zehntel.

Die volkswirtschaftlichen Kosten durch Alkohol betragen rund 57 Milliarden Euro pro Jahr. (Jahrbuch Sucht 2024, 2025)

Weltweit sind 140 Millionen Menschen alkoholabhängig. (Schätzung WHO)

»Jedes Jahr sterben 3 Millionen Menschen weltweit an den Folgen des Alkoholkonsums. Das sind mehr als durch Verbrechen, Verkehrsunfälle und illegale Drogen zusammen.« Aus: Alkohol – Der globale Rausch (Dokumentarfilm von Andreas Pichler, 2020)

Angesichts dieser Zahlen kann man sich schon fragen, weshalb in unserer Gesellschaft diese strikte Unterteilung zwischen legalen und illegalen Drogen vorgenommen wird. Diese Doppelmoral, bei der der Alkohol tatsächlich wie ein König behandelt wird, scheint nicht ausschließlich an den hohen Steuereinnahmen zu liegen. Vielleicht ist dies ja vielmehr dem starken Lobbyismus der Alkoholindustrie geschuldet. Im Gegensatz zu anderen europäischen Staaten ist Alkohol in Deutschland leicht und frei zugänglich. Auch Werbeverbote existieren bei uns nicht, anders als in anderen europäischen Ländern, zum Beispiel Skandinavien, Island. Die Wein- und Bierbranche redet in Deutschland bei den Sachverhalten, die sich um Alkohol drehen, grundsätzlich mit.

Im Jahrbuch Sucht 2025 fordert die DHS höhere Preise für Alkohol. In keinem europäischen Land ist Alkohol derart erschwinglich, wie in Deutschland.

Die Europäische Union beabsichtigt im Rahmen des Aktionsplans gegen Krebs Warnhinweise bei alkoholischen Getränken – ähnlich wie bei Zigaretten – einzuführen. Hiergegen wehrt sich die Lobby der Alkoholindustrie vehement. Mal sehen, wer sich durchsetzt.

In unserer Gesellschaft ist der Konsum von Alkohol überwiegend positiv besetzt.

Wann immer wir etwas zu feiern haben, kommt Alkohol ins Spiel. Eine Geburtstags- oder Hochzeitsfeier ohne Alkohol ist bei uns undenkbar. Eine Person, die in dieser Situation Alkohol ablehnt, fällt oft negativ auf, sie stempelt sich quasi selbst zum Außenseiter oder zur Außenseiterin ab.

17.2 Mother's Little Helper

Schon 1966 sangen die Rolling Stones von den kleinen gelben Pillen, die den Müttern helfen, ihren anstrengenden Alltag zu bewältigen. Diese kleinen Helfer stibitzte ich als Jugendliche regelmäßig aus dem Nachttisch meiner Mutter.

»Vier bis fünf Prozent der in Deutschland verordneten Medikamente besitzen ein Missbrauchs- oder Abhängigkeitspotenzial. Dazu zählen insbesondere die Schlaf- und Beruhigungsmittel (Benzodiazepine und Z-Drugs). Diese Mittel können bereits nach kurzer Anwendungsdauer und bei geringer Einnahmedosis eine Abhängigkeit auslösen. Eine weitere große Gruppe der Medikamente mit Missbrauchs- und Abhängigkeitspotenzial sind Schmerzmittel. Vor allem starke Schmerzmittel (Opiate, Opioide) können auch bei bestimmungsmäßigem Gebrauch zu einer Abhängigkeit führen. Abhängigkeit von Medikamenten oder zumindest eine problematische Einnahme von Medikamenten, sind in Deutschland weit verbreitet. Schätzungen legen nahe, dass bei 2,9 Millionen Menschen ein problematischer Medikamentenkonsum vorliegt (ESA 2021).

Betroffen sind vor allem ältere Personen und eher Frauen als Männer.«

(https://www.bundesgesundheitsministerium.de/service/begriffe-von-a-z/m/medikamentenmissbrauch-und-abhaengigkeit.html)

»Geschätzte 30 bis 35 % der Medikamente mit Missbrauchs- oder Abhängigkeitspotenzial werden aber nicht wegen akuter medizinischer Probleme, sondern langfristig zur Vermeidung von Entzugserscheinungen verordnet.« (DHS und BARMER https://www.medikamente-und-sucht.de/interessierte-und-betroffene/medikamente-und-ihre-risiken)

Die Situation in Deutschland ist mitnichten mit der Opioidkrise in den USA vergleichbar. Aber auch hierzulande werden viel zu schnell und viel zu lang starke Schmerzmittel an Patienten verschrieben. Gerade ältere Menschen erhalten sehr schnell ein Rezept vom Hausarzt oder der Hausärztin, da im Praxisalltag für ein ursachenforschendes Gespräch oft zu wenig Zeit vorhanden ist.

17.3   Krieg den Drogen?

Während ich an Jaschas und später auch an Eddys Grab stand, verspürte ich nicht nur eine unendliche Trauer, sondern auch eine geballte Wut.

Ich dachte: Warum müssen so viele Benutzer harter Drogen sterben? Aus welchen Gründen sind bestimmte Drogen illegal und andere nicht? Warum werden die Benutzer illegaler Drogen kriminalisiert? Warum sind die Strafanstalten voll mit den Benutzern illegaler Drogen? Es

202

läuft so unendlich vieles falsch in der Drogenpolitik, auch in Deutschland.

Der Anbau und Handel mit Drogen und illegal produzierten Medikamenten sind für die organisierte Kriminalität weltweit ein Milliardengeschäft. Ein Krieg gegen diese kriminellen Organisationen lässt sich nicht gewinnen. Die Milliardengewinne aus dem Drogenhandel werden auch in unserem Land gewaschen. Profiteure sind nicht zuletzt die Banken und bestimmte Firmen. Die Gewinnspannen der kriminellen Kartelle sind derart hoch, dass sie immer und überall auf der Welt über sehr viel höhere finanzielle Mittel verfügen, als die Behörden, die versuchen, gegen sie vorzugehen. Gejagt werden daher nicht die wirklichen Drogenhändler, sondern die Benutzer von Drogen. In den Gefängnissen sitzen in der Regel nicht die echten Drogenkriminellen, sondern die Abhängigen von Drogen, die Kleindealer, die ihre eigene Sucht mit dem Verkauf von Drogen an andere Konsumenten finanzieren. Der weltweite Krieg gegen die Drogen ist somit ein Krieg gegen die Benutzer von Drogen, dieser Krieg produziert weitere Süchtige und sichert so den kriminellen Kartellen ihre Milliardengewinne.

»Laut aktuellen Erhebungen konsumieren circa 3,1 % der 18- bis 59-jährigen Erwachsenen sowie 1,0 % der 12- bis 17-jährigen Jugendlichen in Deutschland mindestens eine illegale Substanz (außer Cannabis) innerhalb von 12 Monaten. Im Jahr 2022 gingen jeweils mehr als 20 % der Behandlungen und Betreuungen in der stationären bzw. ambulanten Suchthilfe auf einen missbräuchlichen Konsum oder Abhängigkeit einer illegalen Substanz (außer Cannabis) zurück. Im Jahr 2023 verstarben 2.227 Personen im Zusammenhang mit dem Konsum illegaler Substanzen.«

(https://datenportal.bundesdrogenbeauftragter.de/ille-
gale-substanzen)

Durch das Verbot der Opiumproduktion in Afghanis-
tan durch die Taliban werden die Heroinlieferungen nach
Deutschland in absehbarer Zeit zurückgehen. Es ist davon
auszugehen, dass dann verstärkt synthetische Opioide als
Ersatzdrogen Verwendung finden und zudem vermehrt
Mischkonsum stattfindet, mit der Konsequenz, einer noch
stärkeren Gefahr für Leib und Leben der Drogenbenutzer.

Seit Jascha und Eddy gestorben sind, ist viel Zeit vergan-
gen. Es gibt zahlreiche positive Ansätze in der Drogenar-
beit, aber grundsätzlich hat sich in der Drogenpolitik und
am Umgang mit den Süchtigen nicht wirklich viel geändert.
Immerhin bestehen in vielen Städten inzwischen nied-
rigschwellige Einrichtungen (zum Beispiel Übernach-
tungseinrichtungen, Drogenkonsumräume), es gibt Maß-
nahmen zur Schadensminimierung (harm reduction), seit
einiger Zeit wird zumindest in Großstädten ein Drug-Che-
cking ermöglicht, und es gibt zahlreiche Substitutionspro-
gramme. Aber dies reicht bei Weitem nicht aus. Die ehe-
mals Süchtigen und die Substituierten brauchen Chancen,
um sich vollständig in die Gesellschaft eingliedern zu können. Oft haben sie keine Berufsausbildung, in vielen Fällen
noch nicht einmal einen Schulabschluss. In unserer Leis-
tungsgesellschaft fallen sie in der Regel durch alle Raster.
Noch immer hält sich mancherorts die Verelendungstheo-
rie: Die Drogenbenutzer müssen nur ganz tief im Dreck
liegen, dann werden sie schon von alleine aufhören. Ich
habe viele, sehr viele Benutzer harter Drogen gesehen, die
unten, ganz tief unten angekommen waren. Aber die meisten hatten dann nicht mehr die Kraft aufzuhören, nach
langer Zeit des Drogenkonsums, dieser ewigen Jagd mit
der Polizei, nach Jahren im Knast, nach mehreren

erfolglosen Therapien, nach unzähligen Traumata, Jahren auf dem Strich und auf der Straße. Oder sie sind ernsthaft erkrankt, wie zum Beispiel Biggi, die sich im AIDS-Endstadium befand.

Das beginnende Umdenken der Ampelregierung in Bezug auf Cannabisprodukte war erst ein Anfang, der vielleicht bald schon wieder im Keim erstickt wird. Dabei müsste vielmehr auch der Konsum und Besitz harter Drogen zum Eigenbedarf straffrei gestellt werden. Laut Europäischem Drogenbericht 2021 haben 28,9 Prozent der Bevölkerung schon einmal illegale Drogen konsumiert.

Der überwiegende Teil der Heroinkonsumenten verfügt über Hafterfahrung.

»Heute steht trotz Drogenverboten die bisher größte Palette von illegalen Substanzen zur Verfügung – in unbekannter Qualität, vertrieben durch die organisierte Kriminalität. Das ist das Ergebnis jahrzehntelanger Prohibition.« (Dirk Schäffer, Deutsche AIDS-Hilfe, 2021)

Nur durch eine Legalisierung weicher und harter Drogen kann es langfristig zu einer Regulierung des Drogenmarktes kommen.

Allerdings heißt Legalisierung nicht, dass man harte Drogen im Supermarkt kaufen kann. Hier geht es vielmehr um Substitution, um Drogen auf Rezept. Hierdurch könnte sehr vielen Menschen das Leben gerettet werden, denn die Konsumenten, die an einer Überdosis sterben, sterben, weil sie nicht wissen, was in den Drogen drin ist, die sie zu sich nehmen. Sie sterben, weil sie den Reinheitsgrad der Droge nicht kennen. Probleme, wie zum Beispiel Krankheiten, Abszesse usw. entstehen vielfach nicht durch die Drogen selbst, sondern durch die Streckmittel, die sich in den Drogen befinden.

Im Rahmen von Heroinprogrammen hat sich gezeigt, dass die Klienten, die ihre Drogen auf Rezept beziehen, erfahrungsgemäß nicht mehr straffällig werden, da die Beschaffungskriminalität überflüssig ist. Die meisten der Teilnehmer gehen nach einer gewissen Zeit einer regelmäßigen Arbeit nach. Es sind die Auswirkungen des Krieges gegen die Drogen, die die Menschen krank machen: Beschaffungskriminalität, Knast, Prostitution, ein Leben auf der Straße. Teilnehmer von Heroinprogrammen können gesund werden, durch das reine Heroin kommt es weder zu Erkrankungen noch zur Verelendung. Die Drogenbenutzer führen vielmehr ein ganz normales Leben. In zahlreichen Projekten wurde festgestellt, dass viele Teilnehmer nach etwa drei Jahren so weit stabilisiert sind, dass sie mit den Drogen aufhören.

Wäre Jascha in ein Heroinprogramm aufgenommen worden, dann könnte er vielleicht heute noch leben. Vielleicht hätte er irgendwann die Drogen wieder hinter sich gelassen. Mit Heroin auf Rezept hätte er ein normales Leben führen können. Er hätte weiter regelmäßig zur Arbeit gehen können, statt sein Leben mit dem Verkauf von Drogen und Beschaffungskriminalität zu verbringen.

Wenn man eine Droge erlaubt, müsste man alle Drogen erlauben. Denn eine drogenfreie Gesellschaft gibt es nicht.

Dankeschön

sage ich

> meinem Mann, für seine Liebe, seine uneinge-
schränkte Unterstützung und sein grenzenloses
Vertrauen,
> meiner inzwischen verstorbenen Mutti, der Erstle-
serin dieses Buches, für ihren Beistand und ihre
staunende Bewunderung,
> meiner Freundin Ute für unsere erhellenden Moti-
vations-Frühstücke,
> Alexander Golfidis für seine überaus hilfreichen
Tipps,
> allen meinen wunderbaren Testleserinnen und Test-
lesern für die kritischen Anmerkungen; es ist schön,
dass es euch gibt,
> Renee Rott von Dream Design – Cover and Art für
die geniale Covergestaltung (www.cover-and-art.de)
> und last, but not least Stefanie Brandt für das Kor-
rektorat und die tolle Zusammenarbeit (www.stef-
fis-buchecke.de).

Übrigens: Für alle Fehler im Text bin ausschließlich ich selbst
verantwortlich.

Über das Buch »Sehnsucht nach Rausch«

»An manchen Tagen glich ich einem lavaspeienden Vulkan, an anderen fühlte ich mich grundlos traurig. Und immer wieder fraß sich diese Gier nach Betäubung in mir fest. Gerade in Augenblicken, in denen ich am wenigsten mit ihr rechnete, näherte sie sich auf schleichenden Pfoten von hinten und fiel mich an, wie ein wildes Tier. Dann kämpfte ich mit aller Kraft ums Überleben ...«

»Sehnsucht nach Rausch« von Maja Malu schließt sich nahtlos an den ersten Teil »Süchtig nach Rausch« an.

Nachdem sich Hannah Berger von ihrem heroinabhängigen Freund Jascha getrennt hat, konzentriert sie sich auf ihre Ausbildung zur Erzieherin. Jascha bringt eine Langzeittherapie erfolgreich hinter sich. Beide werden erneut ein Paar und bauen sich ein gemeinsames Leben ohne Alkohol und Drogen auf. Doch wird es ihnen gelingen, die Sehnsucht nach Rausch dauerhaft zu bekämpfen oder holt sie die Vergangenheit wieder ein?

Eine bewegende Lebensgeschichte über Sucht und Sehnsucht, Trauer und Verlust, aber auch über Liebe und Freundschaft.

Über die Autorin

Maja Malu ist ein Pseudonym. Unter ihrem richtigen Namen hat die Autorin in den letzten Jahren sehr erfolgreich mehrere Kriminalromane und zahlreiche Kurzgeschichten veröffentlicht. Sie ist Mitglied im Verband deutscher Schriftstellerinnen und Schriftsteller und in der Autorengruppe SYNDIKAT.

Nach »Süchtig nach Rausch« legt die Autorin mit »Sehnsucht nach Rausch« ihren zweiten autobiografischen Roman vor.

Weitere Informationen: www.majamalu.de.

Maja Malu »Süchtig nach Rausch« (1. Teil)

BOD

12,99 € (E-Book 7,99 €)
ISBN: 978-3-8192-2634-2

»Er war ein Teufel, der Alkohol. Beständig lockte er mich tiefer in seine Hölle. Mittags wusste ich nicht mehr, was ich am Morgen getan hatte. Schon am Abend formte sich der zu Ende gehende Tag zu einem undefinierbaren Klumpen banger Vergangenheit ...«

Mit Hilfe ihrer großen Liebe, dem heroinabhängigen Jascha, gelang Hannah Berger als junge Frau der Ausstieg aus der Sucht. Inzwischen ist sie fest in Job und Leben verankert. Infolge einer Narkose wird tief in ihr eine unstillbare Gier nach Rausch geweckt. Sie weiß, sie muss sich erneut ihrer Vergangenheit stellen.
Der Roman erzählt auf zwei Ebenen Erlebnisse aus Hannah Bergers Vergangenheit und Gegenwart.

Authentisch und schonungslos zeigt Maja Malu den Teufelskreis der Alkohol- und Drogensucht auf.